Salwa Bakr

Atijas Schrein
Roman aus Ägypten

Aus dem Arabischen von Hartmut Fähndrich

Lenos Verlag

Arabische Literatur im Lenos Verlag
Herausgegeben von Hartmut Fähndrich

Titel der arabischen Originalausgabe:
Maqām 'Aṭīya
Copyright © 1986 by Salwa Bakr, Kairo

Die Übersetzung aus dem Arabischen wurde unterstützt
durch die Gesellschaft zur Förderung der Literatur aus
Afrika, Asien und Lateinamerika e.V. in Zusammenarbeit
mit dem Institut für Auslandsbeziehungen.

Copyright © der deutschen Übersetzung
1992 by Lenos Verlag, Basel
Alle Rechte vorbehalten
Lektorat: Andreas Tunger-Zanetti
Satz und Gestaltung: Lenos Verlag, Basel
Umschlag: Munir al-Shaarani/Konrad Bruckmann
Printed in Germany
ISBN 3 85787 215 2

Atijas Schrein

Horus' Mutter

Eines Tages wurde ich — es eile — zum Chefredakteur der Zeitschrift gerufen, bei der ich arbeitete. Als ich sein prächtiges Büro betrat, das im grössten Raum des Redaktionsgebäudes untergebracht war, sass dort auch, tief in einen dunklen Ledersessel versunken, der Herausgeber der Zeitschrift. In seiner kleinen rosigen Hand, die schon so oft meinen Abscheu und meinen Widerwillen erregt hatte, hielt er eine Tasse Kaffee, an der er hin und wieder nippte.

Beide Herren begrüssten mich ungewöhnlich herzlich, was mich so misstrauisch machte, dass ich es plötzlich mit der Angst zu tun bekam, als der Herausgeber auch noch in seine Tasche griff und dabei lächelte. Ich stellte mir doch wirklich vor, er könnte einen Revolver hervorziehen und auf mich feuern.

Nachdem ich auf einem Stuhl neben dem Tisch des Chefredakteurs Platz genommen hatte, erfuhr ich nach den üblichen Einleitungsfloskeln, dass ich ausersehen war, für die Zeitschrift eine Spezialaufgabe zu übernehmen, die

Durchführung einer Recherche über Atijas Schrein.

Warum gerade ich unter den hundertfünfzig Mitarbeitern der Redaktion für diese Aufgabe ausgewählt worden war? Ich weiss es nicht. Das Ganze kam mir recht seltsam und dubios vor. Ich stand nämlich weder mit dem Chefredakteur noch mit dem Herausgeber, ja nicht einmal mit dem Chef des Ressorts, in dem ich tätig war, auf so gutem Fusse, dass es nahegelegen hätte, mich mit der Anfertigung dieses — wie mir beide Herren versicherten — ausserordentlich wichtigen und ganz speziellen Berichts zu betrauen. Ausserdem, wenn dieser Bericht wirklich — wie sie sagten — ein journalistischer Knüller werden könnte, warum sollten sie dann ausgerechnet mich dafür aussersehen und nicht einen ihrer zahlreichen dienstfertigen Lakaien bei der Zeitschrift? Noch befremdlicher war mir das alles, weil Berichte dieser Art sonst von mehr als einer Person — im allgemeinen mindestens von zwei oder drei — erarbeitet werden.

Doch trotz all dieser Bedenken übernahm ich, ausgesprochen glücklich, die Aufgabe, die wegen der phantastischen Natur des Themas spannend zu werden versprach. Es gab da zunächst diesen Schrein, um den sich allerhand Geschichten rankten. Oder sollte ich lieber sagen, allerhand Legenden und Märchen? Was ich dann aber noch spannender fand und was mich wirklich bei dieser Aufgabe faszinierte, das war die Tatsache, dass auch die Altertümerverwaltung involviert war, da es dort einen Beschluss gab, um den Schrein herum Grabungen durchzuführen. Ich war auch wirklich stolz darauf, dass ich einen Spezialauftrag, und dann auch noch einen so aussergewöhnlichen, ausführen sollte. Deshalb entschied ich mich, diese Arbeit zu übernehmen, da ich sie als Gradmesser für meine Fähigkeit und meine Kompetenz als Journalistin, die noch in den Kinderschuhen steckte, ansehen wollte.

Ich traf mich also mit Personen, die in irgendeiner Weise mit der Sache zu tun hatten, sammelte Material und machte mich daran, es zu bearbeiten. Während all dieser Zeit hielt ich den Herausgeber über jeden meiner Schritte auf dem laufenden und nahm seine Kommentare zu der von mir geleisteten Arbeit zur Kenntnis. Keiner der Mitarbeiter an der Zeitschrift wusste damals um den Charakter meiner Tätigkeit, nicht einmal der Leiter des Ressorts, dem ich angehörte.

Als der Bericht dann fast abgeschlossen war, brachte die Zeitschrift eine Ankündigung, in der sie ihren Lesern ihre Absicht mitteilte, eine Reportage über Atijas Schrein zu veröffentlichen. Das war zu dem Zeitpunkt, als ich, im Gespräch mit meinem geliebten Mann, dem inzwischen verstorbenen Ali Fahim, noch die letzten Retuschen an der Reportage vornahm.

Es fällt mir schwer, über das zu schreiben, was sich danach abgespielt hat. Besser gesagt, es ist nicht mehr wichtig; oder vielleicht glaube ich auch nur, es könnte für niemanden ausser mir selbst wichtig sein. Wichtig ist jedenfalls, dass weder der Bericht als ganzes noch auch nur ein einziges Stück daraus veröffentlicht wurde. Und als ich den Herausgeber bat, mir den ganzen Text zum nochmaligen Durchlesen zu überlassen, behauptete er, er sei ihm abhanden gekommen, er sei wohl zusammen mit anderen Berichten und Artikeln verlorengegangen. Dann hiess er mich, den Bericht völlig zu vergessen und mit keinem Menschen darüber zu sprechen.

Ich sollte den Bericht über Atijas Schrein vergessen?! dachte ich, während ich völlig perplex dastand und fassungslos den Herausgeber anstarrte, diesen Mann mit seinem runden

Frauengesicht und seinem brutalen, hinterhältigen Blick, den auch das ständige Lächeln, das jedes seiner Worte begleitete, nicht verschwinden liess. Ich war sprachlos. Es war auch völlig nutzlos, hier noch etwas zu fragen oder zu bemerken. Dieser Beschluss war wie der Vorhang zum letzten Akt der Geschichte von Atijas Schrein.

In jenem Augenblick fasste jedoch auch ich einen Beschluss: Niemals würde ich diesen Bericht „vergessen", ja, man könnte sagen, dass ich jetzt gar nicht mehr und unter keinen Umständen imstande wäre, ihn zu „vergessen". Monatelang hatte ich nur für die Arbeit an einer Reportage über all das gelebt, was mit Atijas Schrein im Zusammenhang stand, hatte mir Tag und Nacht darüber Gedanken gemacht. Ausserdem hatte mir dieser Bericht die Augen für aussergewöhnliche Dinge geöffnet, von denen ich zuvor keine Ahnung hatte. Schliesslich bildete Atijas Schrein auch den Hintergrund für die schönste Liebesgeschichte, die ich erlebte ... Augenblick für Augenblick, Stunde für Stunde. Denn ohne diesen Bericht hätte ich niemals jenen vollkommenen Mann kennengelernt, der schweigsam war wie die Götter, den guten Osiris, wie ich ihn nannte, der ausserhalb der Zeit geboren ist, um auf ewig das Gewissen der Menschheit zu bleiben — lebendig, unsterblich.

Ich bin sehr traurig gewesen und sehr bedrückt. Aber jetzt bin ich glücklich und getrost, da ich in meinem Innern Horus, Osiris' Sohn, trage. Ausserdem bin ich von einer Sorge befreit, die mir auf den Schultern lastete und meine Seele marterte. Alles nämlich, was ich über Atijas Schrein erfahren habe, wird nicht gefangen bleiben in meiner Seele, auch nicht gefangen in der Anonymität. Ich werde es aller Welt kundtun, all jenen, die es angeht. Ich werde ihnen alles erzählen, was ich über Atijas Schrein erfahren habe, genauer gesagt, was die Leute erzählt haben und was mein Mann, der Archäologe Ali Fahim, mir mitgeteilt hat; zuallererst aber, was die Zeitschrift „Der Morgen" über diesen Bericht verlautbaren liess und wovon sie sich dann hastig distanziert hat, und zwar aus einem Grund, der sicherlich allen ohne weitere Erklärung klar wird, wenn sie diese Blätter gründlich von A bis Z gelesen haben.

Ich, Esat Jussuf, ehemals Redakteurin bei der Zeitschrift „Der Morgen", möchte diesen Bericht all jenen zur Kenntnis bringen, die das Thema angeht. Er ist verfasst nach Tonbandaufzeichnungen und Aussagen einiger Personen über Atijas Schrein. Die Aussage des anonymen Dichters hingegen ist mir brieflich an meine Privatadresse zugestellt worden, und zwar kurz nachdem die Zeitschrift ihre Absicht veröffentlicht hatte, eine Reportage über Atijas Schrein erscheinen zu lassen. Wie der Verfasser des Briefes erfahren hat, dass ich von der Zeitschrift mit der Abfassung der Reportage beauftragt worden war, und warum er diesen Brief an meine Privatadresse geschickt hat, ist mir bis heute ein Geheimnis. Jedenfalls hat mich diese Geschichte mit dem Brief sehr überrascht, schliesslich habe ich aber doch eine Erklärung gefunden. Vielleicht stammte der Brief ja von dem bekannten Dichter Chalil Jussuf, dem Verfasser des berühmten Gedichts „Atija im Herzen". Und um der Sache auf den Grund zu gehen, habe ich versucht, Kontakt mit ihm aufzunehmen, um ein Gespräch mit ihm zu führen. Doch er hat es kategorisch abgelehnt, mich zu treffen oder irgendeine Erklärung an die Presse abzugeben.

Die Lügen der Zeitschrift

Auf reges Interesse stiessen bei der Zeitschrift „Der Morgen" jüngste Presseberichte, wonach die Altertümerverwaltung die Absicht hegt, zu einem bislang noch nicht festgesetzten Zeitpunkt auf dem Grossen Friedhof, im Bereich von Atijas Schrein und sogar innerhalb desselben, Grabungen durchzuführen, von denen man wichtige archäologische Erkenntnisse erhofft.

Aus diesem Grund liess unsere Zeitschrift eine umfassende Reportage zu diesem Thema anfertigen, das gleichermassen das Interesse der Öffentlichkeit und der Archäologenkreise auf der ganzen Welt wachgerufen hat. Beobachter erwarten nämlich aufgrund der bekannt gewordenen Informationen, dass diese Grabungen zu neuen, positiven Ergebnissen führen, die vielleicht sogar die herkömmlichen Theorien über die altägyptische Geschichte völlig auf den Kopf stellen könnten, und dass ausserdem diese Ergebnisse vielleicht sogar alle Fragen nach dem Ursprung der Ägypter klären könnten, ihrer historischen Heimat und der Richtung, aus der sie ins Niltal gekommen sind.

Das intensive Interesse der Zeitschrift an diesem Thema entstand im Lichte gewisser Behauptungen, aus denen das Interesse an dem neuerlichen Grabungsversuch erwuchs, Behauptungen des Inhalts, jene Grabungen würden eine schlüssige Antwort auf die Frage geben, die seit langer Zeit überall gestellt wird, sei es von westlichen Archäologen, sei es von jenen, die keinerlei Kontinuität zwischen Vergangenheit und Gegenwart annehmen – die Frage nämlich, ob es eine irgendwie geartete Verbindung zwischen den gegenwärtigen Ägyptern und demjenigen Volk gibt, das im Niltal vor Tausenden von Jahren gelebt und jene gewaltigen Kulturleistungen hervorgebracht hat.

Solche Überlegungen haben so manche schon weit getrieben – bis hin zu abenteuerlichsten Hirngespinsten, ja, nicht selten bis hin zu ganz bewusster Fälschung. So verstiegen sich einige gar zu der Aussage, die alten Ägypter seien von einem anderen Planeten gekommen, dessen Kultur derjenigen der Erde um Jahrtausende voraus sei. Sie seien im Niltal niedergegangen und hätten dort die grossartige Pharaonenkultur gegründet. Andere behaupteten, die Erbauer der Pyramiden seien im Verlauf der Zeit dahingegangen und verschwunden und es gebe keinerlei Verbindung zwischen den Ägyptern von heute und jenen Menschen, die vor fünftausend Jahren die Ufer des ruhmreichen Nils bevölkerten. Ob man sich denn etwa eine solche Verbindung vorstellen könne zwischen denen, die sich für ihre Tempelgesänge goldener Leiern bedienten, und jenen, die heute Tralalabumbum singen? Oder ob es denn möglich sei, dass jene fetten, elefantösen Weiber von heute von den lieblichen Pharaonenfrauen abstammten, jenen Damen von schlankem Wuchs, gehüllt in luftige Gewänder, die die hehre Schönheit ihrer Körper ahnen liessen.

Nach Meinung derjenigen, die solche Dinge nebeneinander stellen, gibt es keinerlei Vergleichsmöglichkeiten zwischen der Gegenwart und der weit zurückliegenden Vergangenheit; und auch verstandesmässig sind Vergleiche dieser Art ein Unding.

Deshalb wünscht die Zeitschrift „Der Morgen" — bewegt von tiefster und aufrichtigster Liebe zu dieser unserer Heimat —, dass die neuerlichen Erkenntnisse all die zusammengeschusterten Behauptungen, die Zweifel an den Ursprüngen unseres Volkes wecken, zum Verstummen bringen und den klaren Beweis für die wahre Natur seiner kulturellen Zugehörigkeit liefern mögen.

Doch vor Beginn der Veröffentlichung dieser umfassenden Reportage, die aufgrund der ungeheuren Materialfülle und der immensen Themenvielfalt in Fortsetzungen erscheinen wird, drängen sich — um beim Leser keinerlei Unklarheit entstehen zu lassen — einige Bemerkungen auf, die wir folgendermassen zusammenfassen:

— Es gibt, bis zum heutigen Tag, heftige Meinungsverschiedenheiten bezüglich der Persönlichkeit von Frau Atija, ihrer Heimat und ihrer Herkunft, sowie der von ihr gewirkten Wundertaten.

— Atijas Schrein ist ein Bauwerk relativ neuen Datums. Auch die vom Innenministerium erteilte Bewilligung für die alljährlichen Geburtstagsfestivitäten am Schrein ist erst einige wenige Jahre alt.

— Es gibt einen schon vor einiger Zeit abgefassten Polizeibericht mit Anzeige gegen Unbekannt wegen Grabraub in Atijas letzter Ruhestätte noch vor der Errichtung des Schreins; darin heisst es auch, das Grab sei schon mehrfach geplündert worden.

— Die Zeitschrift war nicht in der Lage, während der Anfertigung der Reportage auch nur ein einziges Bild von Frau Atija zu beschaffen, obwohl diese — Gott segne ihre Seele — vielen Menschen bekannt gewesen ist und, wie es heisst, an einigen öffentlichen Anlässen teilgenommen hat. Doch hat es der Maler Ali Husni im Auftrag der Zeitschrift unternommen, ein Porträt von Frau Atija anzufertigen — allein auf der Grundlage der ihm vorgelegten Aussagen über ihr Aussehen und ihre Persönlichkeit.

— Der Grabwächter, der auch für den Schrein sorgt, lehnte es kategorisch ab, mit dem Vertreter der Zeitschrift zu sprechen, obwohl gerade dieser Grabwächter als eines der wichtigsten Glieder in dieser Sache betrachtet werden muss. Doch gelang es dem „Morgen", einige Informationen über ihn zusammenzutragen, die Licht auf seine wirkliche Rolle werfen könnten. Ebenso lehnte es die Altertümerverwaltung ab, Erklärungen zu gewissen Einzelheiten abzugeben, und beschränkte sich auf eine Verlautbarung, die mehr oder weniger den Inhalt der Pressemeldungen wiedergibt, die wir aber dennoch — aus Gründen journalistischer Redlichkeit und im Bestreben um Objektivität — veröffentlichen werden.

Aussagen ... Aussagen ...

Der einzige Sohn, Empfänger der traurigen Nachricht

Meine selige Mutter war eine angesehene Frau. Sie liebte und achtete die Menschen und wurde von diesen geliebt und geschätzt. Möge Gott ihr im Tod grossmütig all die Güte vergelten, die sie im Leben allen erwiesen hat.

Ich habe von ihrem Hingang erst in dem Augenblick erfahren, als ich auf dem Flughafen eintraf. Am Telefon hatte man mir nur gesagt, deine Mutter ist krank, Fuad, komm schnell heim. Aber ich hatte gleich das Gefühl, dass es ernst sei. Deshalb buchte ich für das nächstmögliche Flugzeug nach Ägypten und fand glücklicherweise einen Platz für den folgenden Tag.

Auf dem Flughafen brach ich, kaum dass ich meinen Vetter Muhammad und meinen Schwager, den Mann meiner Schwester Nadja, erblickt hatte, in Tränen aus; die Nachricht stand ihnen ins Gesicht geschrieben. Unfähig, mich zu gedulden, bestand ich darauf, direkt vom Flughafen aus das Grab zu besuchen. Ich hatte einen regelrechten Schock und schluchzte und jammerte wie ein Kind, ausserstande, mich zu kontrollieren. Um ganz ehrlich zu sein, ich litt an schweren Gewissensbissen, weil ich meine Mutter nicht mehr gesehen hatte, seit ich, etwa vier Jahre zuvor, fortgegangen war, um im Ausland zu arbeiten.

Als wir zum Friedhof gekommen waren und der Grabwächter das Tor zum Grabhof geöffnet hatte, fanden wir zu unserer Überraschung das Grab offen. Wir stiegen sofort hinab, um zu sehen, was geschehen war, überzeugt, es müsse sich um einen Leichendiebstahl handeln. Derlei Diebstähle kommen in jüngster Zeit häufig vor und gehen auf das Konto von Medizin- und Anatomiestudenten. Doch dann kam die höchst seltsame Überraschung — die Tote war völlig unangetastet; auch das Leichentuch lag, wie es hingehörte, wenn auch, wie inzwischen üblich geworden, zerrissen, um seine Entwendung zu verhindern.

Der Grabwächter war es, der jenes seltsame goldene Ding zuerst erblickte, das seiner Form nach einer Lotusblume sehr nahe kam. Es hatte einen langen Stengel, der in die Erde reichte. Das war nun schon die zweite Überraschung für uns, und wir blieben eine Weile sprachlos stehen, denn dieses Ding war märchenhaft schön anzusehen. Hätte ich in jenem Augenblick ein Lichtbildgerät dabei gehabt, ich hätte ein Bild davon gemacht. Ich benutze übrigens das Wort „Lichtbildgerät" und nicht „Fotoapparat", da ersteres Wort sauberes Arabisch ist. Ich darf an dieser Stelle wohl darauf hinweisen, dass ich Sprachwissenschaftler bin und an europäischen Universitäten Arabisch unterrichte.

Dieses Ding, das wir da sahen, jetzt zu beschreiben, ist ein äusserst schwieriges Unterfangen. Jedenfalls hat es ein sehr starkes und seltsames Gefühl bei mir hinterlassen. Als sich der Grabwächter darauf zubewegte, um es anzufassen, gab es einen Laut von sich, der dem Flügelschlag eines kleinen Vogels glich, und löste sich dann auf und verschwand, gerade als er es am Stengel fassen wollte. Der Mann begann, das Glaubensbekenntnis und ein Gottseibeiuns zu sprechen, während mein Vetter die Sure „Die Bedeckende" und die Sure „Die Stunde der Wahrheit"* betete. Was ich mit eigenen Augen sah, hatten auch mein Vetter und mein Schwager und natürlich auch der Grabwächter

---

*Es handelt sich um die 88. bzw. die 69. Sure des Korans; in beiden ist vom kommenden Strafgericht die Rede, bei dem die Guten von den Bösen geschieden werden.

gesehen. Alle vier waren wir verunsichert; es war uns unheimlich, und wir verliessen das Grab sofort wieder und schlossen es ab.

Bis heute weiss ich nicht, wie die Nachricht von diesem Vorkommnis durchgesickert ist, um danach derart aufgebauscht zu werden. Der Grabwächter konnte es nicht gewesen sein. Das hatte er uns fest versprochen – aus Ehrfurcht vor der Toten und aus Achtung für die Familie und weil er ausserdem entfernt mit uns verwandt ist.

Meine eigene Erklärung für diesen Vorfall und für das, was anschliessend geschah...? Nun ja, ich möchte sagen, in dieser Welt geschehen viele Dinge. Ich selbst bin ein rationaler Mensch und habe lange Jahre in Europa gelebt. Auch dort gibt es Phänomene dieser Art, für die man sich sehr interessiert und mit denen man sich ernsthaft und intensiv wissenschaftlich auseinandersetzt. Aber dies hier ist ein zurückgebliebenes Land, und die Leute stehen, ganz allgemein gesagt, nicht auf einem kulturellen Niveau, wie es angemessen wäre. Deshalb geschah, was geschah.

Meiner Meinung nach war meine Mutter eine ganz normale Frau; aber sie besass eine ungeheure Güte, ja, diese Güte ging bis zur Provokation. Sie provozierte uns, ihre Kinder, indem sie beispielsweise mehrfach andere Leute vor uns bevorzugte und ihnen vieles gab, was wir hätten brauchen können. Obwohl sie uns in die Schule schickte und uns eine anständige Erziehung angedeihen liess, tat sie doch viele Dinge, die zu unserem Nachteil waren und auf Kosten unserer Bequemlichkeit gingen. So erinnere ich mich, dass meine Schwestern vor dem Fest des Fastenbrechens oder vor dem Opferfest — unentgeltlich — Kleider für Nachbarn und Bekannte nähten, ja, manchmal kam es vor, dass meine Mutter vom Haushaltsgeld Stoff kaufte, damit meine Schwestern daraus für bedürftige Kinder und Waisen etwas zum Anziehen schneiderten. Alles in allem war meine Mutter schon etwas unnatürlich in ihrer Art, andere Leute zu beschenken. Es ging ihr nämlich nicht eigentlich um Grosszügigkeit, nein, sie war auf eine Weise freigebig, als ob sie von einer inneren Kraft dazu getrieben sei. Sagen wir, sie neigte zur Güte bis zur Selbstaufopferung.

In Europa studiert man derlei Eigenschaften heutzutage, indem man die Intensität der Hormonwirkung im menschlichen Körper untersucht. Ich halte es durchaus für möglich, dass meine Mutter an einem unausgeglichenen Hormonhaushalt litt. Sie schien nämlich bedrückt und deprimiert, wenn niemand zu Besuch kam oder wenn längere Zeit keine Gäste bei uns wohnten, weil es für sie nichts Erfreulicheres gab, als Verwandte oder Bekannte für ein paar Tage oder auch ein paar Wochen zu beherbergen. Manchmal erstreckte sich die Gastfreundschaft sogar über lange Monate. Und um die Wahrheit zu sagen, das geschah ohne Ansehen der Verhältnisse oder des gesellschaftlichen Rangs jener Person; denn sie behandelte solche, die gesellschaftlich tiefer standen, genau gleich wie solche, die höher standen.

Jedenfalls kann ich behaupten, dass meine Mutter gesellschaftlich eine Ausnahmeerscheinung war. Sie war aber nicht – Gott bewahre – ungehörig oder unfähig, sich selbst zu kontrollieren. In all ihren anderen Verhaltensweisen nämlich war sie völlig normal. Nun besassen wir ja auch – Gott sei's gedankt – nichts, dessen Vernichtung oder Verlust zu befürchten war. Sonst hätte uns vielleicht der Teufel das zu tun verführt, was manche Familien und Kinder tun – nämlich ihre Angehörigen zu entmündigen, wenn diese ihren Besitz verschleudern.

Ihr Verhältnis zu uns war geprägt von Liebe

und Güte, obwohl sie keine Hausfrau im herkömmlichen Sinn war. Weder konnte sie gut kochen noch das Haus in Ordnung oder sauber halten, was ja vielleicht seinen Grund darin hatte, dass sie als Kind sehr verwöhnt worden war. Aber ich darf sagen, dass sie sehr bedacht darauf war, dass wir die bestmögliche Erziehung und Ausbildung erhielten; wir sollten später einmal beruflich und gesellschaftlich etwas erreichen. Dabei machte sie übrigens keinen Unterschied zwischen Jungen und Mädchen. Sie gab uns völlige Freiheit, zu tun und zu lassen, was wir wollten. Das hat ihr mitunter viel abverlangt und sie der Kritik ausgesetzt, besonders wenn meine Schwestern erst spät in der Nacht vom Kino oder dergleichen heimkamen. Doch verminderte auch das nicht die Liebe und die Achtung, die die Leute ihr entgegenbrachten.

Ehrlich gesagt, ich finde keine plausible Erklärung für das, was geschehen ist. Diese Sache mit dem Schatz ist eine prinzipiell dubiose Angelegenheit, wobei ich aber nicht an dem Grabwächter zweifeln kann. Wenn er nämlich das Grab danach geöffnet hätte, wäre die Sache herausgekommen. Wir sind ja am Tag nach dem Vorfall wieder hingegangen, danach an den drei Donnerstagen, die der Vierzigtagefeier vorangingen, und natürlich auch an der Vierzigtagefeier selbst.

Als das Grab zum zweitenmal geöffnet war, hat der Grabwächter selbst die Polizei benachrichtigt, damit sie über den Vorfall ein Protokoll anfertigen könnte. Er war früh am Morgen in den Grabhof gekommen, um die Kakteen dort zu giessen. Als er das Grab offen fand, bekam er es mit der Angst zu tun, lief weg und informierte sofort die Polizei, weil er — wie er uns später sagte — befürchtete, bis wir ankämen, könnte noch etwas passieren. Uns den Vorfall mitzuteilen hätte nämlich, aufgrund der Verkehrsverbindungen, sehr lange gedauert. Als er, der Grabwächter, dann mit dem Polizisten von der Wache zurückkam, stiegen sie — wie er sich ausdrückte — nicht gleich ins Grab hinunter, sondern beschränkten sich darauf, den Eingang gut zu verrammeln und das Tor zum Hof abzuschliessen. Als wir, meine Schwestern und ich, davon erfuhren, war ich zunächst etwas verärgert, da er verpflichtet gewesen wäre, das Grab zu inspizieren. Aber Onkel Scheich Saad, unser Nachbar, war es dann, der uns davon überzeugte, es sei durchaus in

Ordnung, das Grab nicht ein weiteres Mal zu öffnen.

Natürlich zieht niemand aus unserer Familie einen Vorteil aus dem, was geschehen ist. Im Gegenteil, ich würde sagen, wir leiden jetzt an dieser ganzen Sache mit der Umwandlung des Grabes in einen Wallfahrtsort, nachdem die Leute einen Schrein darüber errichtet und alle diese Feierlichkeiten anlässlich ihres Geburtstagsfestes und dergleichen mehr eingerichtet haben. Und um jedem Verdacht vorzubeugen, habe ich, als ihr einziger Sohn, mich nachdrücklich der Aufstellung eines Kollektekastens oder etwas Ähnlichem widersetzt. Kerzen beim Besuch und die Rezitation der Fatiha* genügen.

Ich habe meine Mutter nach ihrem Tod mehrfach im Traum gesehen, in mehreren ganz normalen Träumen. Und selbst wenn der Bericht unseres Nachbarn Scheich Saad von seinem Traum der Wahrheit entsprechen sollte, so wäre es an sich naheliegender, dass sie mir oder einer meiner Schwestern im Traum erscheint.

---

*Die 1. Sure des Korans, „die Eröffnende", bei unzähligen Gelegenheiten als Gebet gesprochen.

An diesem Punkt möchte ich gerne darauf hinweisen, dass meine Mutter hinsichtlich ihrer Religionsausübung eine ganz normale Frau war, die betete und fastete, die ihren Pflichten nachkam und die Almosensteuer entrichtete. Die Pilgerfahrt hat sie indessen nie gemacht, weil sie es, als sie einige Jahre nach dem Tod meines Vaters ein paar Groschen zurückgelegt hatte, für sinnvoller hielt, die Wohnung zu streichen und die Sessel in der Stube aufarbeiten und beziehen zu lassen. Meine Schwester Safa stand damals nämlich kurz vor ihrer Heirat.

Von uns war niemand streng religiös. Auch hat meine Mutter ihr ganzes Leben lang, soweit mir bekannt, keine Wunder gewirkt. Was diese Geschichte vom Schweben ihrer Bahre beim Begräbnis angeht ... Nun, ich war, wie gesagt, nicht dabei, und ich zweifle an ihrer Richtigkeit. Das erzählen einfache Leute mit einer Neigung, Sachen aufzubauschen. Ich habe mich, wie gesagt, anfänglich strikt der Sache mit dem Schrein widersetzt, habe mich dann aber dem Willen der Leute im Viertel und der Bewohner der Gräber und unseres Nachbarn Scheich Saad gefügt. Offen gesagt, ist meine Zustimmung ganz und gar durch meine Stellung als Beamter begründet. Diese Stellung ist nämlich bekanntermassen prekär, und was man immer wieder über meine frühere Zugehörigkeit zu den Kommunisten erzählt, könnte durchaus, wenn ich mich widersetzte, ein weiteres Mal aufgewärmt werden. Einige Leute haben das nämlich noch nicht vergessen seit damals, als ich, noch als Jugendlicher, einmal bei einer Demonstration festgenommen wurde. Ich sage das in aller Offenheit, damit Sie die gesamte Situation verstehen.

Das Verhältnis meiner Mutter zu meinem Vater ist etwas, worauf ich nicht näher eingehen kann, und zwar aus dem einfachen Grund, weil ich von uns Geschwistern das jüngste bin und mich von meiner ältesten Schwester genau zwanzig Jahre trennen. Als mein Vater starb, war ich noch ein kleines Kind, und ich erinnere mich nicht mehr genau an ihn. Aber nach allem, was ich erfuhr, als ich älter wurde und begonnen hatte, Dinge und Menschen bewusst wahrzunehmen, harmonierten meine Mutter und mein Vater nicht gut miteinander, und mein Vater pflegte sie „Schulmeister Atija" zu nennen. Aber der Tag, an dem er starb, war für mich der schlimmste Tag in meinem Leben. Damals hörte meine Mutter auf, mich zu stillen, weil sie keine Milch mehr hatte, obwohl sie mich, als ihren einzigen Sohn nach vierzehn Geburten, von denen ihr acht Töchter und ich geblieben waren, eigentlich bis zu meinem sechsten Geburtstag stillen wollte.

Es gibt da ein kleines Ereignis, das vielleicht etwas Licht auf die Persönlichkeit meiner Mutter wirft. Es ist eines von diesen Ereignissen, wie sie sich häufig in unserem Haus abspielten, und ich erinnere mich bis heute daran, da es einen grossen Eindruck auf mich gemacht hat. Einmal sass ich lernend mit einem Privatlehrer zusammen, den ich hatte — es war ein Nachbar von uns, ein zukünftiger Arzt, der damals kurz vor seinem Studienabschluss stand; eine meiner Schwestern war mit diesem jungen Mann so gut wie verlobt. Plötzlich sah ich, wie meine Mutter dieser Schwester eine Ohrfeige gab, und zwar einzig und allein, weil sie ihrerseits einen Jungen, der in unserem Haus zur Hand ging und der etwa ebenso alt war wie ich, geschlagen hatte. Er hatte nämlich — aus Versehen — die Dusche über ihrem frisch gelegten Haar aufgedreht, während sie gebückt darunter stand; sie wollte sich die Seife von den Händen abspülen und hatte den Jungen aufgefordert, den Badewannenhahn aufzudrehen, weil derjenige am Waschbecken nicht funktionierte. Da fauchte meine Mutter sie an: „Deinen Bruder hättest du nicht so behandelt."

Tatsächlich behandelte meine Mutter das Dienstpersonal auf höchst ungewöhnliche Art. Dieser Junge besuchte sie dann auch als Erwachsener noch häufig, als er längst in einem staatlichen Büro arbeitete. Meine Mutter war es, die ihn auf die Schule schickte, ihm etwas zum Anziehen kaufte und ihm nur ganz wenig zu tun gab, damit er etwas lernen könnte und nicht seine Zeit mit Hausarbeiten verplemperte. Und trotzdem gab sie seiner Mutter an jedem Monatsanfang eine bestimmte Summe als Entgelt dafür, dass ihr Sohn bei uns war.

Niemals dürfen in der letzten Ruhestätte meiner Mutter archäologische Grabungen durchgeführt werden, denn die Gefühle der Leute zu achten und darauf Rücksicht zu nehmen ist eine Pflicht, die über allem anderen steht. Neben dem Grab oder in seiner Umgebung kann die Altertümerverwaltung hingegen Grabungen vornehmen, sollte es tatsächlich Hinweise auf die Existenz von Dingen in dieser Gegend geben, nach denen zu graben sich lohnt. Ich warne jedoch die Zuständigen davor, die Bevölkerung zu provozieren. Und wenn sie meinen Worten keinen Glauben schenken, brauchen sie sich nur zum Schrein zu begeben, um selbst zu sehen, was die Leute dort an Atijas Geburtstag alles tun.

Atijas Schrein hat inzwischen eine grosse Popularität erlangt, und es kommen Menschen sogar von Assuan und aus dem Sudan hierher, ja, einige unserer Verwandten auf dem Dorf haben schon darum gebeten, ihre sterblichen Überreste dorthin zu überführen, damit die Leute von dort nicht alljährlich die Strapazen der Fahrt hierher auf sich nehmen müssten. Aber ich habe mich auch dieser Bitte energisch widersetzt, weil ich weiss, dass sich dahinter allerhand durchsichtige Ziele und Absichten verbergen. Einige wollen nämlich die Gelegenheit ausnützen und ihre Verhältnisse auf die eine oder andere Art verbessern, wofür sie in der alljährlichen Geburtstagsfeier eine einträgliche Möglichkeit sehen. Doch abgesehen davon darf man die Ruhe der Toten nicht stören — um so mehr noch, als es sich bei der Toten um meine Mutter handelt.

Scheich Saad

Unser Herr allein weiss am besten, warum ich jetzt rede. Ich hätte es nämlich vorgezogen zu schweigen, da derlei Dingen gegenüber Zurückhaltung am Platz ist. Das Problem liegt hier darin, dass ein Mensch, so er denn glauben wollte, gewisslich glauben würde. Jener jedoch, der einen Beweis verlangt, den er mit seinen Händen greifen, mit seinen Augen sehen und mit seiner Zunge schmecken kann, er wird bis zum Jüngsten Tag nicht glauben. Sagt doch Gott der Allmächtige: „Das ist die natürliche Art, nach der Gott die Menschen erschaffen hat."*

Ich rede, nicht um etwas zu behaupten oder abzustreiten oder um jemanden zu überzeugen oder den Wissensdurst eines neugierigen Betrachters zu stillen, der nach hübschen und kuriosen Geschichtchen lechzt. Ich bin ja gegen die Verbindung von Religion und Welt. An-

---

*Sure 30, Vers 30: „Richte dein Gesicht als Gottsucher auf die Religion! Das ist die natürliche Art, nach der Gott die Menschen erschaffen hat. Diese Art der Schöpfung Gottes ist unveränderbar. Das ist die richtige Religion, aber die meisten Menschen wissen das nicht."

dernfalls wäre ich in den Stand der Scheichs getreten und hätte die höchsten Stellungen erstrebt durch die Beschäftigung mit der Religion dieser Welt. Aber mir genügt vom Leben mein Händlerdasein am Tag, das mich nicht vom Geliebten* bei Nacht abhält.

Indessen, was geschehen ist, ist geschehen. Gott hat Frau Atija seine Gunst erwiesen, und so wurde sie zur Heiligen unter den Heiligen, und ich habe sie wirklich im Traum gesehen, ob es denen, die daran herumdeuteln, nun gefällt oder nicht. Durch Gottes Gnade hatte sie Freunde in so grosser Zahl, dass durch deren Eifer der Schrein errichtet wurde. Und kein Jahr war vergangen, da war er schon zum Wallfahrtsort und zum leuchtenden Hort der Rechtleitung und der Gewissheit geworden.

Vor allem anderen aber möchte ich Sie darauf hinweisen, dass ich Frau Atija schon seit Urzeiten kenne. Es war ihr Grossvater, der meinen Vater aufgezogen hat, nachdem mein Grossvater gestorben war. Ihr Vater und mein Bruder waren etwa gleichaltrig und sind zusammen aufgewachsen. Als ihm der gnädige

---

*Gemeint ist hier Gott. Neben Geduld und Bescheidung ist Liebe zu Gott wesentlicher Inhalt mystischer Frömmigkeit im Islam.

Gott dann eine Tochter schenkte, nachdem seine Frau schon sieben Jungen verloren hatte, gab er ihr diesen Namen Atija* — als gutes Omen göttlicher Huld und zum Zeichen des Gehorsams seinem Willen gegenüber; all das, nachdem die Welt sich ihm gegenüber finster gezeigt hatte, was er geduldig ertrug. Weder hat er seine Frau verstossen noch eine weitere geheiratet.

Atija, die vor mir auf die Welt kam, war — wie meine Mutter immer wieder erzählte — ein Kind von besonderer Grösse und aussergewöhnlichem Wachstum. Das hatte möglicherweise damit zu tun, dass sie gleich nach ihrer Geburt mit Eselsmilch ernährt wurde — aufgrund der Anweisung einer Zigeunerin, einer Wahrsagerin, die ihre Geburt prophezeit hatte. Doch Gott weiss es am besten.

Atija wuchs gesund und munter heran und war immer viel zu weit für ihr Alter. Es heisst, sie habe, wie eine Mutter ihren Säugling, mühelos ein zwanzig Pfund schweres Schaf tragen können. Ich erinnere mich, dass sie, wenn wir als Kinder „Der Fuchs geht um" oder „Verstecken" spielten, immer schneller rannte als al-

---

*Das arabische Wort ʿaṭīya heisst „Gabe", „Geschenk".

le anderen und auf eine Weise sprang, wie es auch diejenigen nicht konnten, die älter waren als sie. Es hiess auch, sie sei ein unersättliches Kind gewesen und die Muttermilch habe ihr nie genügt. Sie blieb auch früher als üblich in der Welt der Frauen, ja, als sie zehn Jahre alt war, sah sie schon aus wie vierzehn.

Atija wuchs auf wie eine Prinzessin und war verwöhnt und kokett. Sie trennte sich niemals von ihrem Vater, der ganz vernarrt in sie war, besonders wegen ihres hübschen Gesichts und ihrer grazilen Gestalt. Während der Revolution von Saad Saghlul nach dem Ersten Weltkrieg nahm er sie mit und liess sie zwischen den Reihen der Versammlungsteilnehmer bis zum Rednerpult durchgehen, wo sie die Führer küsste und grüsste. Dann sang sie! Sie war nämlich in die Schulen der Europäer gegangen, wo sie Lieder wie „I am Egyptian, yes, Egyptian ..." und dergleichen zu singen gelernt hatte. Auf diesen Versammlungen waren auch Ausländer zugegen, die sich für die ägyptische Sache einsetzten. Dann brauste das Blut in den Adern der Leute, und die Flammen ihrer Begeisterung schlugen hoch angesichts eines kleinen Mädchens, das die Liebe zur Heimat und die Freiheit des Landes besang. Ausserdem zog sie mit ihrem Vater herum und sammelte Unterschriften unter Petitionen mit den Forderungen des Volkes.

Was mich selbst angeht, so kann ich sagen, dass Atija die Liebe war, der sich meine Kindheit und meine Jugend auftaten, das Herz, das mit seiner liebevollen Zuneigung mein Herz bewegte. Aber sie sollte nie mein sein! Ich war zu jung für sie, und ihr seliger Vater verheiratete sie sehr bald mit einem Mann, der dann der Vater ihrer Kinder wurde. Ihm wurde sie in einem so prächtigen Hochzeitszug zugeführt, wie ihn diese Stadt wohl nie zuvor gesehen hatte. Hier genüge es zu erwähnen, dass die Hochzeitsfeierlichkeiten vierzig Tage ohne Unterbrechung währten, und jeden Abend wurde eine beträchtliche Anzahl von Schafen, Enten, Gänsen und Tauben geschlachtet. Ausserdem wurden an Passanten allerlei Süssspeisen verteilt — Faludhag und Milchreis und Umm Ali und Lukmat al-Kadi und Asabi Seinab und gezuckertes Rosenwasser. Zu ihrer Aussteuer gehörten auch ein Stössel aus Gold und einer aus Silber, und in ihren Schrank fand kein anderer Stoff als nur reine Seide Eingang. Es war, als glaubte ihr Vater nicht, dass er die Heirat eines Sohnes, der seinen Lenden entstammte, erleben würde. Denn er, der wohlhabend war, verkaufte für diese Hochzeit einen grossen Teil seines Besitzes. So gab er bei dieser Gelegenheit für die Tänzerinnen, die Trommler, die Flötenbläser und die Lieferanten von Rosen und anderen wohlriechenden Blumen fast den Gegenwert eines Hauses aus seinem Besitz aus. Und am Abend, an dem sie ins Haus ihres Mannes geführt wurde, hat man auf grossen Trommeln geschlagen und die Braut auf einem prächtigen Apfelschimmel durch die Strassen der Stadt geführt; Diener schritten vor ihr her in Seide und Samt, während vor ihrem Zug nach alter Sitte Feuerspeier, Schlangenbeschwörer, Schattenspieler und Clowns einherzogen, bis sie ins Haus ihres Mannes einging, das sie erst am Tag ihres Hinschieds wieder verliess.

Indessen starb Atijas Vater recht bald danach, noch bevor Atija mit ihrem ersten Sohn niederkam, der dann auch starb. Damals hiess es, ihr Vater sei, vom Schmerz überwältigt, einfach zusammengebrochen, als er von der Überflutung seines Landes erfuhr, auf dem er Tabak anbaute. Das war während der Zeit des Hochwassers. Er hatte dieses Land — eine grosse Insel im Nil — von der Königinmutter gepachtet, als diese die Verwaltung ihrer Besitzungen selbst übernommen hatte. Jedenfalls hinterliess er Atija bei seinem Hinschied nichts als Gottes Schutz und Seelenfrieden.

Ich trage alle diese Einzelheiten vor, damit jedermann deutlich werde, dass wir mehr von Atija wissen, als wohl selbst der Bruder von der Schwester weiss. Ja, wir waren wie Geschwister und wohnten während langer Jahre Haus an Haus, so dass die Leute schliesslich glaubten, wir seien tatsächlich Geschwister, Kinder desselben Mutterschosses. Weiss Gott, ich wollte, ich hätte den Tag ihres Hinschieds nicht erleben müssen, den Tag, an dem ich ihren Leichenzug begleitete und sie mit eigenen Händen der Erde anvertraute.

Was die Leute nicht wissen — es ist dies ein Geheimnis, das ich zum erstenmal preisgebe: dass Atija kurze Zeit vor ihrem Hinschied zur Frau kam. Diese sass zu jener Zeit in Erwartung des Rufes zum Nachmittagsgebet, um ihre Pflicht zu erfüllen. Wir lassen im allgemeinen unsere Haustür tagsüber offen, weil keiner, der hereinkommt, für uns ein Fremder ist. Ausserdem kann sich unsere Gattin wegen ihrer Gelenkschmerzen nur unter gewissen Schwierigkeiten fortbewegen. Atija war, so sagte die Frau, also meine Gattin, sehr verstört, die Farbe war ihr aus dem Gesicht gewichen, und sie zitterte, obwohl wir ja Sommer hatten und es überall drückend heiss war. Dann — nachdem sie sich ein wenig beruhigt hatte — erzählte sie der Frau, während sie dagestanden und das Basilienkraut im Garten ihres Hauses gegossen habe, sei auf der Strasse ein alter Bettler erschienen, der um eine milde Gabe bat. Da sei sie in die Küche geeilt, habe etwas Fleisch in ein Fladenbrot gelegt und sei wieder hinausgegangen, um ihm die Speise zu geben. Aber er war nirgends mehr auf der Strasse zu finden, war wie vom Erdboden verschluckt. Daraufhin suchte sie allenthalben nach ihm, konnte ihn aber nirgends finden. Da beschlich sie eine böse Ahnung, zumal sie sich zu erinnern glaubte, dass der Mann in Weiss gekleidet war. Ausserdem ist unsere Strasse eine Sackgasse, von der aus er unmöglich in eine andere Strasse weitergegangen sein konnte. Schliesslich war es auch undenkbar, dass er schon unsere ganze Strasse zurückgegangen war, die doch recht lang war — sie hätte ihn sehen müssen, und wäre es auch nur noch ganz am Ende gewesen.

Während nun Atija und die Frau sich unterhielten, rief der Muezzin zum Nachmittagsgebet. Da sagte Atija, sie wolle sofort beten gehen, damit ihre Waschung nicht hinfällig werde – es war ja im Winter, und sie litt, wegen ihrer Zuckerkrankheit, an einer schwachen Blase. Also ging sie, in der Absicht, gleich nach dem Gebet zurückzukommen, um mit der Frau Kaffee zu trinken und im Fernsehen einen dieser Fortsetzungsfilme anzuschauen. Doch da hatte sie schon ihren Geist ausgehaucht. Wir wussten es, als wir Saussan, ihre Tochter, rufen hörten: „Zu Hilfe, ihr Leute!" Ich wollte mich in jenem Augenblick gerade auf dem Bett ausstrecken, um ein wenig zu ruhen. Darum rannte ich, barfuss und völlig verwirrt, hinüber in ihr Haus, das an das unsrige angebaut war. Dort fand ich die Selige auf ihrem Gebetsteppich, als ob sie betete. Sie hatte sich niedergeworfen und war in dieser Haltung verschieden, und ihre Tochter, die daneben auf dem Sofa sass, hatte das bemerkt und hatte um Hilfe gerufen. Gott sei gepriesen! Ein Tod, wie unser Herr ihn allen gewähren möge: Der Zeitpunkt war die Stunde des Nachmittagsgebetes; ihr Gesicht war gen Mekka gerichtet; durch die vollzogene Waschung war sie rein, und ihre Absicht war lauter, denn sie hatte einzig das Gebet im Sinn gehabt.

Als ich sie dann im Traum sah, warf sie mir

wortlos tadelnde Blicke zu. Sie trug ein weisses Gewand, in dem sie sehr schön aussah. Ich lief zu ihr hin und wollte mit ihr sprechen, doch sie entschwand rasch durch eine alte, mit Arabesken verzierte Tür. Ich begann, mir darüber Gedanken zu machen und darüber nachzusinnen. Am Anfang schreckte ich aus dem Schlaf auf und rezitierte „Die Eröffnende" für ihre Seele. Dieser Traum wiederholte sich dreimal. Als ich sie zum letztenmal sah, war die Tür, durch welche sie entschwand, ganz neu, frisch gestrichen mit wundervoller grüner Farbe. Sie schritt hindurch und schloss sie ab, nicht ohne mir vorher zugewinkt und zugelächelt zu haben.

Am nächsten Morgen, so wollte es der Zufall, suchten wir ihre letzte Ruhestätte auf, und mir fiel, gleich als wir ankamen, das Tor des Hofes auf, in dem sie begraben lag: Es war genau das Tor, das ich im Traum gesehen hatte; die Arabesken darauf waren genau dieselben, die im Traum meinen Blick angezogen hatten. Da erschauerte ich, und mein Herz erbebte so heftig, dass ich glaubte, ich müsste den Geist aufgeben; ich hatte das Gefühl, ich würde zu Boden stürzen. Mein Sohn bemerkte es, und in der Annahme, ich sei über die steinerne Schwelle zum Hof gestolpert, stützte er mich.

Aber ich riss mich zusammen und offenbarte niemandem mein Geheimnis, bis ich mich mit einigen einflussreichen und rechtschaffenen Männern darüber unterhalten hatte, die übereinstimmend sagten: „Der Schrein ist ein Muss!"

In diesem Zusammenhang möchte ich hervorheben, dass ich nichts über die Geschichte mit der goldenen Blume weiss und dass ich keine Erklärung dafür habe. Das sind Dinge, auf die man nicht notwendig eingehen muss. Aber jeder Heilige wirkt seine eigenen Wunder, und wenn auch die Zeit der Propheten und der Gesandten Gottes mit dem Abschluss der Botschaft des „Siegels der Propheten" und des höchsten aller Gesandten Gottes* abgeschlossen ist, so gab es doch zu jeder Zeit und an jedem Ort Heilige Gottes, und es wird sie auch künftig geben, denn sie sind das Salz der Erde, und „Gott hat mit seinen Geschöpfen Dinge vor"; er allein ist wissend.

Ein letzter Punkt bleibt – dass nämlich diese Grabung unmöglich vonstatten gehen kann. Ich sage das, ohne etwas zu befürchten; alles nämlich, was über die Existenz oder Nichtexi-

---

*Gemeint ist der Prophet Muhammad.

stenz von Fundgegenständen im Grab gesagt wird, ist leeres Gerede und bezweckt nichts anderes, als die Leute umzustimmen, die sicher nicht schweigen könnten, wenn eine Grabung stattfände. Ausserdem, was soll das, jetzt hinter den Nichtigkeiten herzurennen? Was nützt es, hinter diesen Dingen herzurennen? Will man dem Geheimnis des Seins auf die Spur kommen oder dem Kern des Lebens, und das mit Hilfe von Frau Atijas Grab? Bei Gott, welch ein Skandal! – ja, ich sage „Skandal", denn „fürchtet Gott in euren Taten"!

Ausserdem möchte ich doch gewisse Leute darauf aufmerksam machen, dass die Spielerei mit heiligen Dingen – und an deren Spitze steht die Ehrfurcht vor den Toten – auf diejenigen zurückfällt, die sich darauf einlassen. Verflucht also ist, wer ein Grab aufdeckt! Verflucht, wer die Ruhe der Toten stört! Genug der Verwirrung und der Verunsicherung der Gehirne!

Die Aussage der Nachbarin

Madame Atija, meine liebe Nachbarin und Schwester — am Tag, an dem sie gestorben ist, hab ich mehr geweint als am Tag, an dem meine eigene Mutter gestorben ist. Sie war nämlich Anständigkeit, Menschlichkeit und Barmherzigkeit in einem. Ihre Wohltaten richteten sich an alle, gross und klein. Sie hat nie ein Haus betreten, ohne etwas in der Hand zu haben, was den Kindern Freude machte, und ohne etwas auf der Zunge zu haben, was den Erwachsenen schmeichelte. Alle Leute, die ihr nahe gestanden haben, und auch solche, die ihr nicht so nahe waren, haben nur gute Worte für sie.

Meine Beziehung zu ihr? Nun, wir haben dreissig Jahre lang Tür an Tür gewohnt. Ich bin damals jungverheiratet gewesen; mein Mann hat mir verboten, mit den Nachbarn zu verkehren, weil wir Fremde wären und niemand kennen würden in diesem Viertel, in dem wir nur gewohnt haben, weil die Arbeitsstelle von meinem Mann ganz in der Nähe war. Einmal nachts nun, während er auf Schicht war, bin ich mit Kauthar, meiner kleinen Tochter, die noch ein Säugling war, allein zu Hause gewesen. Da hat sie heftig angefangen zu weinen und zu schreien. Ich war damals selbst noch ein Kind und hatte keine Ahnung von Kindern und Babies. So hab ich ihr einen Fencheltee mit Kümmel gegeben. Dann hab ich versucht, sie zum Schlafen zu bringen, mal auf dem Bauch, mal auf dem Rücken, aber sie hat weiter herzzerreissend geheult und geschrien, bis ich schliesslich Angst gekriegt habe, sie würde wirklich sterben. Da hab ich angefangen zu weinen und zu jammern, völlig am Ende meiner Weisheit; die Milchmenge in meiner Brust war nämlich gering und hat nicht gereicht, das Mädchen satt zu kriegen. Während ich noch in diesem Zustand war, hat es plötzlich an der Haustür geklopft. Ich hab es mit der Angst zu tun gekriegt und hab erst einmal gar nicht reagiert. Aber dann, kurz darauf, hat unser Herr mir eine Erleuchtung gegeben. Ich bin aufgestanden und hab gefragt, wer zu dieser seltsamen Nachtstunde an der Tür klopft. Da hab ich Madame Atijas Stimme gehört. Sie hat wissen wollen, warum meine Tochter so schreit. Ich hab ihr aufgemacht und sie reingelassen und habe gleichzeitig Gott um Nachsicht gebeten, weil ich meinem Ehemann ungehorsam war. Als die

Selige dann erfahren hat, dass ich zuwenig Milch hätte und dass das Kind von dem Kümmel- und Fencheltee nicht satt geworden wäre, hat sie es mir abgenommen und ihm die Brust gegeben; sie hat damals noch ihre Tochter Saussan gestillt. So also hat unser nachbarschaftliches Verhältnis angefangen, das eigentlich viel mehr war als ein nachbarschaftliches Verhältnis.

Die Selige ist für viele Kinder in diesem Viertel Stillmutter gewesen, auch für Ali Abbas, der später ein hohes Tier in der Regierung geworden und natürlich aus unserem Viertel weggezogen ist, gleich nachdem er seine grossartige Stellung bekommen hat. Mit dem Stillen, da war sie völlig unnormal. Sie hat neben ihrem jeweiligen eigenen noch zwei weitere Kinder stillen können, und alle sind satt geworden, und das bis zur Entwöhnung. Ihre Brust war üppig, das konnte man sehen, obwohl sie bis zu ihrem Tod nie eigentlich dick war. Vielleicht erklärt das ja, dass die Kinder sich beruhigt haben und eingeschlafen sind, sobald Madame Atija sie aufgenommen und gewiegt hat. Über ihre viele Milch hat sie immer gesagt, das sei ein Gottesgeschenk und eine besondere Gunst, die sie erhalten hätte, und warum sollte sie nicht damit denen eine Wohltat erweisen, die es brauchen könnten. Es war seltsam, dass sie immer über Schmerzen in der Brust geklagt hat, wenn Milch drin war. Deshalb hat sie bei den Leuten im Viertel immer die Runde gemacht und nach frischgebackenen Müttern gleich nach der Geburt gefragt, um denen ihre Kleinen mit ihrer Milch zu ernähren.

Wegen dieser Geschichte mit der Milch sind ihr eine ganze Menge Menschen verpflichtet gewesen, die aus dem Viertel stammen und es im Land zu Stellung und Einfluss gebracht haben. So hat es genügt, dass sie einen mit einer Bitte oder einem Antrag dem Zuständigen ins Büro geschickt und ihm hat ausrichten lassen: Ihre Mutter, Atija, lässt Sie grüssen; sie schickt mich her. Dann hat sich der Mann darum gekümmert. Der hat gar nicht anders können, als das zu erledigen und ihren Wunsch zu erfüllen. Er hat nämlich befürchten müssen, dass sie ihn, wenn sie ihn eines Tages trifft, ausschimpft wie eine Mutter ihren Sohn. Ja, es hat welche gegeben, die haben ihr sogar in aller Öffentlichkeit die Hand geküsst, ohne sich deswegen zu schämen. Ich hab selbst einmal gesehen, wie ein hoher Armeeoffizier, der vor Jahren in unserem Viertel gelebt hat – seinen Namen zu nennen, besteht kein Grund —, vor **Madame Atija** gestanden hat wie ein durchgefallener Schüler vor seiner Lehrerin. Das war nach dem Krieg von '67, und sie — Gott erbarme sich ihrer — hat ihn wie einen dummen Jungen abgekanzelt und zusammengestaucht: „Beim Propheten, was für ein Skandal! Das Land liegt in den letzten Zügen, und alles wegen euch. Die Leute sagen, ein Schritt nach vorn, und ihr habt das Unterste zuoberst gekehrt. Ihr habt alles kaputtgemacht, und jetzt hockt ihr auch noch stolz auf den Trümmern." Und während sie das gesagt hat, sind ihr die Tränen aus den Augen gelaufen, und der Mann ist vor ihr gestanden, hat auf den Boden gestarrt und kein einziges Wort über die Lippen gekriegt ...

Während den Tagen vom Port-Said-Krieg hat sich Madame Atija auf die Seite von dem Juden Surur gestellt, dem sein Haus ganz am Ende des Viertels liegt. Den haben damals die jungen Männer umbringen und Feuer an seinen Gewürzladen legen wollen. „Surur hat überhaupt nichts getan", hat sie ihnen gesagt. „Ihr werdet euch an ihm versündigen." Ohne das wäre es um ihn und seine Familie geschehen gewesen. Dabei hat sie den Surur gar nicht leiden können und immer gesagt: „Ein Gläubiger kann nie vor einem Juden sicher sein." Ausserdem hat sie sich immer geekelt, in seinem Haus etwas zu essen oder etwas zu trinken.

Ich nenne sie „Madame Atija", weil ihr Vater ganz offiziell von der Regierung die Effendi-Würde* verliehen bekommen hat. Darum lautet ihr Name in der Geburtsurkunde auch „Madame Atija".

Ihr Vater ist recht wohlhabend gewesen, aber Atija selbst hat gelebt wie die Ärmsten der Armen. Ich habe sie nie Gold tragen sehen, obwohl sie sehr viel davon besessen hat. Ihre Seidenkleider hat sie an die Mädchen im Viertel verschenkt, wenn die geheiratet haben, und von ihrem Gold hat sie das meiste bei Gelegenheiten verkauft, die absolut nichts mit ihren Bedürfnissen zu tun hatten. Ich will Ihnen von einem Fall erzählen, der mit mir persönlich zu tun hatte. Mein Mann selig hat mitunter ein Defizit in der Kasse gehabt; er ist nämlich Kassier bei der Elektrizitätsgesellschaft gewesen. Gott allein kennt die Ursache für dieses Defizit. Jedenfalls ist — Gott bewahre — nie auch nur

---

*Titel, den in Ägypten seit dem 19. Jahrhundert häufig Männer aus der neuen städtischen Bürgerschicht trugen, die sich dadurch von den Unterschichten und vom traditionellen religiösen Establishment abgrenzten.

ein einziger Groschen davon in unser Haus gelangt. Irgendwann einmal war man drauf und dran, die Sache aufzudecken, und wir haben nichts mehr gehabt, was wir hätten verkaufen können, um die Blamage abzuwenden, die schon abzusehen war; und die hätte zwangsläufig die Entlassung und Verhaftung von meinem Mann zur Folge gehabt. Da bin ich zu Madame Atija gegangen und hab ihr meine Sorge anvertraut, und sie hat mir doch tatsächlich von ihren Juwelen ein Schlangendoppelarmband gegeben und mich schwören lassen, ihr das Geld zurückzugeben, wenn es mir wieder besser gehen würde und die Katastrophe vorbei wäre. Da hab ich ihr gesagt: „Dieses doppelte Armband da ist zuviel, eines reicht." Ich hab dann eine von diesen Schlangen verkauft, aber Gottes Ratschluss kam uns zuvor, und wir haben es ihr nicht ersetzen können. Mein Mann ist nämlich wenige Monate später gestorben – in allen Ehren. Ich hab so viel Sorgen gehabt, und dann die Ausgaben für die Kinder. Da ist es mir bis zum heutigen Tag unmöglich gewesen, der Madame Atija ihr Geld zurückzugeben.

Ich kann nicht alles im einzelnen erklären, was passiert ist, aber die Heiligen wirken ohne

Zweifel Wunder, auch wenn ihre Wunder verborgen sind. Ich erinnere mich, dass die Hände von Madame Atija segensreich waren. Als sie einmal bei mir vorbeigekommen ist und mir beim Backen geholfen hat, hat der Teig in ihrer Hand sehr viel ausgegeben. Sie hat Teigklumpen aus dem Trog genommen, die ich dann auf dem Backbrett zu Fladen gemacht und in den Ofen gelegt habe – und der Teig nahm kein Ende, bis ich's müde war und das Hocken beim Ofen über hatte, weil mir der Schweiss in Strömen über den ganzen Körper gelaufen ist. Und wie sie das bemerkt, sagt sie: „Gott sei Dank, die letzte Ladung." Dann kratzt sie sich den Teig von den Händen und formt daraus ein Püppchen, das sie mit einem Strohhalm oder etwas ähnlichem durchbohrt und dazu sagt: „Ins Auge des Feindes! Ins Auge dessen, der sah und nicht für unseren schönen Propheten betete! Ins Auge des teuflischen Flüsterers." Dann wirft sie das Püppchen mitten ins Feuer.

Bei der Geschichte mit den Ausgrabungen haben viele ihre Finger drin. Aber ich sage: Pfui, bei Gott, pfui, dass ein Mensch an etwas denkt, was nie und nimmer erlaubt ist. Es stimmt ja, dass die Seelen den Körper nach dem Tod verlassen, aber auch die sterbliche Hülle ist unantastbar. Also basta! Überall im Land und auf der Welt herrscht Gottlosigkeit; kein Segen mehr ist auf dieser Welt. Sogar das Brot ist unerschwinglich geworden — das trockene Brot! Was wollen wir eigentlich sonst noch?!

Die Theorie der Ältesten

Mutter war alles andere als eine gewöhnliche Frau. Ich darf das sagen, weil ich sie kenne, wie sie sonst niemand auf dieser Welt gekannt hat. Was uns miteinander verband, war nicht bloss das Verhältnis zwischen Mutter und Tochter. Wir waren eher wie zwei Schwestern, was vielleicht durch die grosse Ähnlichkeit zwischen uns zu erklären ist, vielleicht auch durch den verhältnismässig geringen Altersunterschied. Ich bin nämlich nur gerade fünfzehn Jahre jünger als sie, und ich war ihre vertraute Freundin, die sie zärtlich liebte, mit der sie Freud und Leid teilte und der sie die winzigsten Geheimnisse ihres Lebens vorbehaltlos und ohne Hemmung anvertraute.

Inzwischen ist es auch kein Geheimnis mehr, dass der Grund dafür, dass ich bis heute unverheiratet geblieben bin, Mutters Einstellung war. Als ich nämlich zu heiraten beschloss — übrigens lediglich, weil ich von den Leuten nicht mehr als alte Jungfer angesehen werden wollte (das war vor etwa zehn Jahren, als ich mit einem Kollegen bekannt wurde, einem anständigen und sympathischen Witwer) — und das Mutter mitteilte, spürte ich, dass ihr nicht wohl war bei diesem Gedanken. Ja wirklich, ihr war nicht wohl bei dem Gedanken, dass ich heiraten sollte! Sie äusserte kein Wort über den Mann, aber sie überzeugte mich schliesslich, dass das ein völlig unsinniger Schritt wäre, der meiner Zukunft als ehrgeizige Forscherin auf dem Gebiet der Naturwissenschaften den Todesstoss versetzen würde.

Sie war es auch, die mich zuvor schon zweimal gedrängt hatte, bei Wahlen zu kandidieren. Ich glaube wirklich, dass sie eine politische Frau war, obwohl sie ihr ganzes Leben lang nie im politischen Bereich tätig war, wenn wir die wenigen Male, die sie vor langer Zeit, noch als Kind, mit ihrem Vater politische Veranstaltungen besucht hatte, nicht als politische Tätigkeit werten. Nach ihrer Heirat ging Mutter — gedrängt von Vater, bei Frauenorganisationen mitzumachen, die zu der Partei gehörten, bei der er Mitglied war — nur ein einziges Mal zu einer Frauenversammlung und kam wutschnaubend über das Verhalten der Frauen zurück, deren gezierte Bewegungen sie nachzuahmen begann. Später erzählte sie mir, hauptsächlich hätte sie damals aufgeregt, dass die

Präsidentin der Vereinigung — eine Dame aus der besseren Gesellschaft — ihren Ton und ihre Art zu reden verändert hätte, als ein paar Männer sich zu der Versammlung gesellten, und dass die anderen Teilnehmerinnen völlig unmotiviert begonnen hätten, zu lächeln und ihre Haare und Kleider zurechtzurücken. Als sie dann zurückkam, erklärte sie meinem Vater, das sei nichts anderes als eine Schar Weiber, die nichts Besseres zu tun hätten.

Vielleicht nannte mein Vater sie aus diesem Grund seit damals „Schulmeister Atija", vielleicht auch ganz allgemein wegen ihrer Art aufzutreten, und besonders wegen ihrem Verhalten ihm gegenüber. Denn obwohl meine Mutter ein schönes Gesicht und eine blendende Figur besass, hat sie sich doch als Frau nie an den Wünschen meines Vaters orientiert. Ja, als ich grösser wurde und ein wenig zu verstehen begann, fragte ich mich allen Ernstes, wie meine Mutter eigentlich zu meinen Schwestern kam, da ich mich nicht erinnern kann, dass sie auch nur ein einziges Mal im Bett meines Vaters geschlafen hat. Trotzdem konnte ich feststellen, dass mein Vater sie liebte und dass auch sie ihn liebte und achtete. Doch beide taten das auf ihre eigene Art. Sie zum Beispiel unternahm nichts gegen seine gelegentlichen Flirts, von denen ich ein paar mit eigenen Augen beobachtete, einige Male sogar in unserem Haus mit Frauen aus unserer Verwandtschaft. Ebensowenig gelang es ihm, sie zu einer Frau zu machen, die ihm zu Dienst und Willen stand, wie es die meisten Frauen ihrer Zeit taten, ja, es auch noch heute tun. Sie war nämlich eine starke Persönlichkeit und fähig, ihren eigenen Weg zu gehen, einfach und gerade.

Nein, die Idee meines Bruders, wonach Mutter einen unausgeglichenen Hormonhaushalt gehabt hätte, teile ich überhaupt nicht; denn ihre Einfachheit und ihre Art, mit den Leuten umzugehen, das war es, was sie zu der angesehenen Gestalt im Viertel machte, die alle kannten, gross und klein, arm und reich, Muslim, Christ und sogar Jude, und das sage ich, weil Mutter ausgesprochen gute Beziehungen zu der einzigen noch nicht ausgewanderten jüdischen Familie in unserem Viertel unterhielt.

Im Umgang mit anderen Menschen folgte Mutter einer sehr einfachen Philosophie, die sie vielleicht selbst nie begriffen hat: Sie gab den Leuten genau das, was sie gern von ihnen gehabt hätte, war aber immer diejenige, die mit dem Geben begann. Doch sie nahm sich auch viel von den Leuten, ohne sie das spüren zu lassen. Als wir nach dem Tod meines Vaters kein anderes Einkommen mehr hatten als seine spärliche Rente, schaffte Mutter es, das Schiff unserer grossen Familie ans sichere Gestade zu bringen — nicht aufgrund ihrer haushälterischen Fähigkeiten oder ihres sparsamen Umgangs mit den begrenzten Einkünften, sondern aufgrund genau dieser Philosophie.

Als ich zum Beispiel studieren wollte — und die Universitätsgebühren waren zu jener Zeit enorm hoch —, ging Mutter höchstpersönlich zum Rektor und hatte mit ihm, ohne mein Wissen, eine Unterredung. Am Ende — nach einer langen Diskussion, die sie mit zahlreichen Lügenmärchen ausschmückte — bat sie ihn, mich von den Gebühren zu befreien. Sie hatte nämlich ein Talent, Geschichten und Histörchen zu erzählen. Dabei übertrieb sie gern, und mitunter war alles auch frei erfunden. So, wenn sie behauptete, von den Pharaonenkönigen abzustammen, die insgeheim schon viele Jahre vor dem Auftreten des Islam in Ägypten Muslime geworden seien. Oder wenn sie gar behauptete, sie besitze darüber ein in pharaonischer Sprache abgefasstes Buch. Ich habe es natürlich nie gesehen.

Einmal erzählte sie dem Personalchef einer Firma, meine Schwester Saussan sei die Tochter des Türhüters in einem Gebäude in der Nähe unseres Hauses und sie müsse für ihre kleinen Geschwister sorgen, nachdem der Vater von einem Auto überfahren worden sei. Da hatte der Personalchef ein Einsehen und stellte sie sofort ein. Als Saussan die Geschichte später von ihren Kollegen erfuhr, wurde sie wütend und weigerte sich, weiterhin zur Arbeit zu gehen.

Eher merkwürdig ist, dass Mutter mitunter auch zum Mittel moralische Erpressung griff. So konnte sie beispielsweise mithilfe ihrer umfangreichen Kontakte mit allen Leuten im Viertel Gerüchte über einen gewissen reichen Mann verbreiten, der sich angeblich allmorgendlich zum Frühstück mit seiner Frau ein einziges Ei teilte, seine Reichtümer in leeren Fettkanistern hortete und sich nur einmal im Jahr badete. Natürlich war der Mann nicht derartig geizig, aber er entrichtete die Almosenabgabe nicht und weigerte sich, etwas von seinem Geld für einen guten Zweck zu stiften. Und so schützten sich viele Leute vor Mutters Zunge, indem sie Dinge taten, die sie in gutem Licht erscheinen ließen.

Ganz ehrlich, Mutter war eine wandelnde

karitative Einrichtung. Schon ihr Tagesablauf war etwas seltsam. Sie stand früh auf, stellte uns das Frühstück hin, und gleich nachdem Vater zur Arbeit und wir zur Schule gegangen waren, verliess sie das Haus. Dazu brauchte sie nicht mehr als ein schwarzes Kleid und flache Schuhe anzuziehen und ihr Haar mit einem schwarzen Tuch zu umwickeln. Und kaum hatte sie die Haustür hinter sich geschlossen, da wurde sie auch schon tätig: Sie grüsste die Nachbarn und erkundigte sich, wie es ihnen gehe. Da genügte es, dass hier eine Frau an einem Fenster Wäsche aufhängte oder dort ein junger Mann zur Arbeit ging, schon war Mutter in ein Gespräch verwickelt. Auf diese Weise erfuhr sie die Neuigkeiten aus dem ganzen Viertel – bei einem kurzen morgendlichen Rundgang, auf dem sie zahlreiche Tassen Kaffee trank.

So löste sie aber auch so manches Problem der Leute hier. Eine Frau brauchte etwas Geld – meine Mutter brachte es ihr während ihres Rundganges als Darlehen von einer anderen. Ein junges Mädchen brauchte ein schönes Kleid, um darin einem Freier, der zu Besuch kam, den Tee zu servieren. All das tat sie auch für uns, und sie nahm ähnliche Dienste von anderen Leuten auch für uns an.

Beim Abschluss vieler Ehen hatte Mutter die Hand im Spiel, ebenso auch bei Scheidungen, und zwar weil sie allerhand Informationen weitergab und über intime Kenntnisse vom tagtäglichen Leben der Leute verfügte. Trotzdem war sie beliebt, weil ihr Tun im Endergebnis vorteilhaft war. Sie besass eine ungeheure psychische und physische Energie: Sie richtete schliesslich das Essen für eine grosse Familie innerhalb kürzester Zeit, ging erst spät in der Nacht zu Bett und stand trotzdem früh auf, um das Frühstück zu machen. Sie war nie jemandem gegenüber befremdet, egal, wie er war, nein, sie war nachsichtig, vergass, wenn man ihr übel mitgespielt hatte, und verzieh allen Leuten ihre Bosheiten. Möglicherweise ja, weil sie ihnen auch mitunter übel mitspielte.

Ich erinnere mich, dass sie irgendwann einmal ein junges Mädchen traf, das ihr erklärte, sie sei arm und allein, habe keinen Ort zum Wohnen und niemand, der für sie sorgt. Da Mutter fürchtete, das Mädchen könnte auf die schiefe Bahn geraten, brachte sie sie mit zu uns nachhause. Den Nachbarn und anderen Leuten hat sie erklärt, sie sei die Tochter unseres Vaters von einer anderen Frau, die er, wie sich inzwischen herausgestellt hätte, vor seinem Tod geheiratet habe. Das Mädchen blieb bei uns. Mutter behandelte sie genau wie uns, liess sie unsere Kleider tragen und gab ihr Taschengeld. Sie half Mutter im Haushalt, während wir uns daran machten, ihr Lesen und Schreiben beizubringen. Das alles in einer Zeit, in der es uns finanziell alles andere als gut ging, weil wir damals noch alle zur Schule gingen. Zwei Monate später jedoch raffte dieses Mädchen unsere gesamte Garderobe und alle unsere Sachen zusammen — einschliesslich der Kleider, die an der Wäscheleine hingen — und machte sich aus dem Staub, während Mutter auf ihrem morgendlichen Rundgang war und neue Einzelheiten aus dem Leben der armen Tochter ihres Mannes zusammenschusterte, die nun doch, nach dem Hinschied ihrer Mutter, Vollwaise geworden sei. Jahre später traf Mutter sie zufällig auf der Strasse und schimpfte und schalt sie ... nachdem sie sie umarmt und geküsst hatte. Das Mädchen weinte und erzählte, sie habe einer Bande angehört, die gedroht hätte, sie umzubringen, wenn sie nicht ihre Anweisungen befolgen würde. Sie hätte ihnen damals erklärt, in unserem Haus gäbe es gar nichts, was sich zu stehlen lohnte, aber sie hätten ihr nicht geglaubt. Und sie wäre doch so gern bei uns geblieben, denn sie hätte meinen Bruder sehr gern gemocht und schon Heiratspläne gehabt.

Ich führe diese Geschichte hier an, um eine aussergewöhnliche Seite in Mutters Persönlichkeit hervorzuheben. Sie war unternehmungslustig und liebte auf eine merkwürdige Weise das Leben. Mit Inbrunst knackte sie Sonnenblumenkerne, las Zeitungen und Zeitschriften, verfolgte die Fussballresultate und hielt sich immer mindestens einen oder zwei Hunde im Haus. Was Katzen anging – nun, reden wir nicht davon, das war ganz schlimm! Ebenso mit Vögeln und Schildkröten. Irgendwann einmal erstand sie für einen goldenen Ohrring ein Äffchen von einem Affendresseur, der als Bettler damit herumzog. Aber das Äffchen lief ihr davon; wie es schien, war das ein abgekartetes Spiel zwischen ihm und seinem Besitzer. Am Fest der Sajjida Sainab* sah sie nämlich den Mann wieder in Begleitung seines Affen, der

---

*Tochter des Propheten Muhammad; die nach ihr benannte Grabmoschee in Kairo ist ein wichtiges Zentrum islamischer Religiosität in Ägypten.

ihr die Hand schüttelte, nachdem er sie erkannt hatte. Der Mann dagegen tat, als wüsste er nichts von alledem.

Ich war sehr geknickt, als ich zu ihrem Grab ging und dort den Schrein sah, den man darüber errichtet hatte. Das ist doch alles leeres Gerede! Mutter war eine missverstandene Frau, die die Umstände daran gehindert haben, ihrer natürlichen Veranlagung nachzuleben. Ja, ich glaube, dass sie im Augenblick ihrer Heirat einen Schock ganz besonderer Art erlitten hat. Ihr Leben als Kind und junges Mädchen steht in völligem Widerspruch zu ihrem Leben nach der Heirat mit seinen konventionellen Ansprüchen. Man hatte sie zu Mut, Widerspruch und Unabhängigkeit erzogen; ihr Vater hatte sie wie einen Jungen behandelt. Er hatte sie zu seinen Männerversammlungen und zu öffentlichen Veranstaltungen mitgenommen, und man erzählt sogar, mit zwölf Jahren hätte sie angefangen, Wasserpfeife zu rauchen. Ich selbst habe sie, seit ich mich erinnern kann, oft gesehen, wie sie am Nachmittag abwechselnd mit meinem Vater genüsslich an der Wasserpfeife zog. Und einmal hat sie mir erzählt, den ersten Schock in ihrem Leben hätte sie zwei Tage nach ihrer Hochzeit gehabt. Damals hat mein Vater sie aufgefordert, schlafen zu gehen, während sie gerade mit einer jungen Hausangestellten, die ihr Vater ihr mit in die Ehe gegeben hatte, Karten spielte.

Ich führe all das nur an, um deutlich zu machen, dass Mutter ein Mensch mit beachtlichem Potential war, aber eben ...

Der geliebte Liebende

Ja, ich habe sie geliebt, geliebt wie das Meer die Muscheln in seinen Tiefen, wie die Vögel die Strahlen einer Wintersonne, noch bevor sie voll am Himmel steht. Sie war bei mir in jedem Augenblick meines Lebens, siebzig Jahre lang. Siebzig Jahre lang zog ihre Liebe durch mein Blut, zog ihr Duft in mein abendliches Bett, zog ihre Gestalt über meinen morgendlichen Spiegel — lieblicher Traum im Schlaf, schmerzlicher Traum im Erwachen. Sie ist nicht bei mir, und dennoch spreche ich mit ihr. Ich mische ihr Wesen mit dem meinen; dann streite ich mit ihr, trenne mich von ihr, versöhne mich mit ihr — all das allein mit ihr. Vielleicht verstehen jetzt diejenigen, die sich fragen, warum ich nicht geheiratet habe. Ich habe auf sie gewartet, vergeblich. Und die Zeit schlich dahin — nicht wir haben sie, sie hat uns besiegt.

Sie gehörte nicht meiner Religion an, und so war es mir unmöglich, ihr Ehemann zu werden. Aber sie war mein, seit da Liebe war, seit ich sie kennengelernt hatte im Hause eines Freundes ihres und meines Vaters. Die Pfeile der Liebe trafen uns und haben mich, trotz der Hoffnungslosigkeit, sie zu sehen, weiterhin getroffen, bis zum Tod – Atija, das Äpfelchen, Atija, die Schöne, die liebliche Au, das Gurren der Tauben im Herzen, das Tanzen der Schmetterlinge am Feuer, ewger Jasmin auf meinem Kissen, morgendlicher Tautropfen an meinem Fenster, Meereswelle in meinem Blut. Sie war es, die mir das Aussehen des Liebenden verlieh, die Fingerspitzen des Sehnsuchtsvollen, den Hauch zauberhafter Poesie – Inhaberin der Wahnsinnshymne, der Lieder der Wolken und des Regens.

Ich bitte euch, nehmt eure Hände von meiner Geliebten! Lasst sie in Frieden ruhen in ihrer letzten Ruhestatt! Was sollen jetzt Ruhm und Ehre? Grab, Grabstein oder Schrein? Die Erde umfängt sie auf ewig, wofür sie das Herz beneidet. Der geliebte Jasmin meines Kissens liegt jetzt gebettet auf den Steinen der Erde. Darum, oh Wind, gib Zeugnis! Und du, oh Meer, lass die Stürme der Welt erbarmungslos deine Wogen peitschen! Und ihr, oh Sterne des Wanderers, vergiesst eure Tränen als Feuerlicht! Soll doch die Sonne untergehen, noch bevor sie aufgeht: meine Geliebte liegt jetzt gebettet auf den Steinen der Erde.

Ja, sie war Atija, eine Gabe zu einer Zeit, da das Geben rar geworden. Sie forschte nicht nach der Wahrheit, weil sie, sie selbst, aus sich und ohne Zutun, wusste, dass das Gute gut, das Rechte recht, das Schöne schön ist.

An diesem einzigen Mal, da sich unsere Lippen zu jenem unvergleichlichen Mondscheinkuss trafen, sagte sie zu mir — der Fluss hörte es, und die Brise mischte ihren Atem mit dem meinen ... wie sich Licht und Lohe mischen: „Du bist der einzige Mensch auf der Welt, dem ich mich mit Leib und Seele zu geben wünsche ... Wenn ich es doch könnte!"

Aber sie konnte immer in meiner Nähe sein, konnte mir Augenblicke des Entzückens gewähren, Augenblicke des Erinnerns an sie, die abwesend war. Und im Augenblick, da ihre Seele den Körper verliess, wusste ich es — noch bevor ihre Tochter zu meiner geliebten Schwester kam und ihr mitteilte, was geschehen war. Ich ging in jenem Augenblick auf der Strasse, als plötzlich ihr Bild klar und deutlich vor meinen Augen erschien, worauf ich stolperte und ohne ersichtlichen Grund hinfiel. Es lagen keine Steine auf dem Weg und nichts, was mich am Gehen hätte hindern können. Da wusste ich, dass sie auf ihre letzte Reise gegangen sein musste, und als ich aufstand und auf die Uhr schaute, da war es genau die Zeit, zu der sie, wie ich später erfuhr, entschlafen war.

Ich kenne sie, wie ich die Bestimmung der Bäume an ihren Früchten kenne und den Zug der Vögel zu ihrer Rettung. Sie war traurig bis zur Freude, freudig bis zum Tod. Sie war tröstend und Trübsal bereitend, war bedrückt, beglückend und beglückt. Sie liebte leidenschaftlich die leidenschaftliche Liebe der Leute für ihr Leben, auf der Flucht vor seltener Engelsliebe, von Irdischem verhüllt und dessen auferlegten Auflagen, die trennen und fügen, annähern und entfernen – ein Sturm von Freundschaft und Zuneigung, von überirdischer Liebe und Leidenschaft. Und ich enthülle wohl kein Geheimnis, wenn ich kundtue, dass meine Gedichte und Gesänge meiner immensen, gewaltigen Liebe zu Atija entsprangen.

Was die archäologischen Vorhaben beim Grab angeht, diese Suche nach etwelchen Relikten, da sage ich, dass das Grab ein Symbol ist ... ein Symbol für ein Herz, das geschlagen, das gegeben und genommen und das sich dann zur Ruhe gelegt hat. Ich sage weder, es sei eine Sünde, noch, es sei keine. Das wäre eine Platitüde, die zu äussern keine Veranlassung besteht.

Aber ich wende mich an die wichtigsten Zuständigen der Altertümerverwaltung und frage sie, ob sie schon an jedem Ort Ägyptens nach Beweisen der ruhmreichen Vergangenheit geforscht haben und ihnen kein anderer Ort mehr bleibt als Atijas Ruhestätte?

Befleissigt ihr euch wirklich der Bewahrung all der grossartigen Altertümer, die schon entdeckt sind? Bleibt euch nichts mehr als die Suche nach neuen Schätzen der Vergangenheit? Und wenn ihr denn Neues fändet im Grab der Seligen, was wollt ihr damit machen? Werdet ihr es — wie es manche tun — Krethi und Plethi eurer ausländischen Freunde zum Geschenk machen? Werdet ihr es dem Zugriff von Dieben und Räubern überlassen, ausgestellt in den Museen aller Länder dieser Welt?

Alles, was ich sage, ist: Fürchtet Gott in dem, was ihr tut, und wisset, dass eure Machenschaften durchschaut sind. Ihr erstrebt doch nichts anderes, als die Gräber aus dieser Gegend zu entfernen, und zwar in zwielichtiger Absicht. Profit wollt ihr daraus schlagen und so auf Erden Böses schaffen.

Umm Hussain, eine bettelarme Frau

Da ist keiner gewesen, der sie nicht beweint hätte, als sie gestorben ist. Möglich, dass ihr Begräbnis grösser war als das vom König, als er gestorben ist. Sie war eine Fürstin, Tochter von Fürsten. Hin und wieder hat sie mir Besorgungen aufgetragen, und von Zeit zu Zeit hat sie mir Geld zugesteckt, ohne dass je jemand davon erfuhr. Sie hat ja gewusst, dass ich bettelarm war und ohne Mann und ohne Kinder, die sich um mich gekümmert und für mich gesorgt hätten. Scheich Saad ist ihr sehr nahe gestanden, auch seine Frau, Frau Nussa. Sie waren ein Herz und eine Seele. Und was die Frau Hausbesitzerin von ihr behauptet, ist von vorn bis hinten verlogen. Ihre Töchter sind herzensgute Mädchen. Die grosse hatte Freier wie Sand am Meer, aber sie ist lieber unverheiratet geblieben.

Ich hab immer gewusst, dass die Selige mit den Dschinnen im Bunde war. Sie hat sich nämlich viele Katzen gehalten und mit ihnen gesprochen, und die haben das verstanden.

Einmal hab ich mit eigenen Augen gesehen, wie sie einem alten schwarzen Kater, der schon ganz lang bei ihr war, einen Klaps auf den Kopf gegeben hat, weil er einen Vogel im Maul hielt, den er im Garten erbeutet gehabt hat. Wie sie zu ihm gesagt hat: „Lass ihn! Sonst hat, beim Propheten, dein letztes Stündlein geschlagen", hat der Kater ihn mir nichts dir nichts losgelassen, als hätte er ihre Worte verstanden. Der Vogel ist weggeflogen, aber sie hat den Kater noch weiter ausgeschimpft und ihm gesagt: „Die Wohltaten unseres Herrn sind zahlreich", hat sie zu ihm gesagt. „Nahrung liegt überall herum. Es gibt in jedem Winkel Mäuse für dich. Was quälst du also den Vogel?" Da hat sich der Kater an ihren Beinen gerieben und mit schwacher Stimme miaut, ganz kleinlaut und ergeben und geknickt, wie jemand, der was falsch gemacht hat.

Scheich Saad hat alles über sie gewusst, und ich für meinen Teil hab geglaubt, was er an Wundertaten erzählt hat, weil ich, das hab ich ja schon gesagt, einige Beispiele davon mit eigenen Augen gesehen hab. Dann hat sie sich auch noch bei der Frau Direktorin vom Obdachlosenheim für mich verwendet, so dass ich dort hab wohnen können, weil meine Beine von jeder Kleinigkeit schwer geworden sind. Aber das Leben im Obdachlosenheim ist mir leid geworden; die Behandlung dort ist ganz schlimm. Da bin ich wieder zu ihr gegangen und hab ihr gesagt: „Ich muss hier in der Gegend sein, weil ich an sie gewöhnt bin und an die Leute hier." Daraufhin hat sie sich für mich beim Hausbesitzer eingesetzt, und der hat mir einen Platz unter der Treppe gegeben, wo ich jede Nacht schlafen könnte. Ich krieg da einen Bissen und dort einen Happen, und so geht's. Dann hat sie mir sogar jeden Monat was gegeben und hat auch noch gute Leute dazu gebracht, das Ihre zu tun, Gott sei's gedankt.

Am Tag von ihrem Begräbnis bin ich ganz leicht gewesen, so leicht wie eine Feder; in meinen Beinen, da war eine Kraft, die war stärker als die von einem Maultier, so dass ich mit dem Leichenzug bis zur Moschee gegangen bin. Und ich war es auch, die sich um die Waschung von ihrem Körper gekümmert hat. Ihr Körper war weiss wie Jasmin, von ihrem Gesicht ging ein Licht aus, und auf ihren Lippen stand ein süsses Lächeln. Wer sie gesehen hat, hat glauben können, sie würd nur schlafen, sie hätte einen wunderschönen Traum. Ich hab mir ihre Kleider als Glücksbringer mitgenommen und hab ihre Kinder um eine Schildkröte gebeten, die seit vielleicht dreissig Jahren bei ihnen im Haus war. Ich hab sie immer noch.

Die Regierung macht doch alle Nas lang irgendein Theater. Als ich damals noch im Dorf war, hat sie dauernd von Altertümern und Altertümern und nochmal Altertümern geredet. Aber die Leute damals waren auch nicht blöd, und jeder, der was gesehen hat, da oder dort, hat den Mund gehalten. Der Totengräber, dem soll die Zunge abgeschnitten werden. Möglich, dass der die Regierung informiert hat. Und die Regierung, wenn die das Land nehmen würde, kann man sicher sein, dass sie darauf Häuser baut. Also braucht man für den Unsinn keinen Heller ausgeben.

Die Frau des Immobilienbesitzers im Viertel

Obwohl man eigentlich das, was ich sagen will, über einen verstorbenen Menschen nicht sagt, da die Toten ja nur Barmherzigkeit verdienen, kann ich doch nicht umhin, es zu sagen, da es sich um ein Zeugnis handelt, was Aufrichtigkeit verlangt.

Meiner Meinung nach war Atija überhaupt keine ehrbare Frau. Ihr Verhalten war äusserst ordinär und bäurisch. Sie verkehrte mit Krethi und Plethi, in ihr Haus kamen Landstreicher und allerhand Geschmeiss, mit denen sie abendelang schwatzte wie mit ihresgleichen. Eine Hausfrau war sie schon gar nicht. Sie kochte nämlich Zeug, das kein Mensch essen konnte, ja nicht einmal Tiere. Ihre Wohnung war von all den Leuten, die darin ein- und ausgingen, ständig dreckig. Ich glaube nicht, dass sie je ihr Haar gekämmt hat. Sie hat immer Schwarz getragen und sich ein schwarzes Tuch um den Kopf gelegt — nicht aus Schamhaftigkeit und Anstand oder gar aus Trauer um ihren Mann, wie sie selbst behauptet hat, sondern weil Schwarz eine Farbe ist, wo man den Dreck nicht so sieht und wo man den Schnitt nicht erkennen kann; schliesslich sehen alle schwarzen Kleider gleich aus.

Ich habe meinen Kontakt mit ihr gänzlich abgebrochen — obwohl ich, als dieser Kontakt noch bestand, ein sehr enges Verhältnis zu ihr hatte — ich habe also meinen Kontakt mit ihr abgebrochen, als ihre mittlere Tochter versucht hat, meinen Sohn, der Offizier ist, um den Finger zu wickeln. Ihre Mädchen finden — wie schon sie selbst — süsse Worte und Lächeln, damit sich die jungen Männer in ihren Netzen verfangen. Aber ihre Machenschaften werden rasch durchschaut, denn sie sind doch ganz das Abbild ihrer Mutter, verschwenderisch wie diese, und sie schämen sich weder der Armut noch der Bettelei. Die Älteste zum Beispiel ist die meiste Zeit in den Kleidern meiner Tochter, die etwa gleich alt ist wie sie, in die Universität gegangen.

Es ist ja schon merkwürdig, dass Atija ursprünglich gar nicht arm war. Sie war nur verschwenderisch und verkommen. Bei ihrer Heirat besass sie nämlich vierundzwanzig Matratzen und zwanzig Baumwolldecken, alles zusammen von nicht unbeträchtlichem Wert — und zwar schon damals, als alles noch billiger war. Trotzdem befindet sich jetzt keine einzige dieser Decken mehr in ihrer Wohnung, weil sie ihre gesamte Wohnungseinrichtung an alle möglichen Leute verliehen hat, sogar die Matratzen! Wenn ihre Nachbarin Besuch vom Dorf bekam, gab sie ihr Matratzen und Decken, ja sogar Geschirr und Besteck.

Natürlich konnte ich unmöglich eine Heirat meines Sohnes mit einer Tochter von ihr akzeptieren. Immerhin haben sie junge Männer in der Wohnung empfangen und sich mit ihnen unterhalten, ja, manchmal sind sie sogar mit ihnen ins Kino gegangen. Sollte das etwa akzeptabel sein? Kann sich das jemand vorstellen? Ihre Älteste ist mit der Universität auf Exkursionen gegangen und war so für eine oder zwei Wochen von zu Hause weg — und nur Gott weiss, wo sie wirklich war!

Atija selbst ist gar nichts anderes übriggeblieben, als sich anständig zu benehmen; schliesslich war sie eigentlich keine richtige Frau, ich meine eine, der die Männer nachgeschaut hätten. Sogar ihr eigener Mann hat sich darüber vor uns und vor allen Leuten lustig gemacht. Dass mein Mann hin und wieder mit ihr gescherzt und sie zu einer Tasse Kaffee eingeladen hat, will überhaupt nichts besagen, denn mein

Mann ist ein Mann, der die Welt nur allzugut kennt und das mit ihr nur gemacht hat, weil sie immer das Neueste aus dem ganzen Viertel wusste und die Neuigkeiten immer sofort erfuhr. Natürlich borgte er ihr von Zeit zu Zeit etwas und fand Entschuldigungen für sie: „Sie ist eine arme Frau", hat er immer gesagt, „und hat viel auf dem Buckel."

Die Geschichte mit dem Schrein ist natürlich nichts als Geschwätz. Dahinter steht ihr Nachbar, dieser Scheich Saad; der ist nämlich eine ganz verrückte und ausserdem eine zwielichtige Gestalt. Er nützt seinen Einfluss bei den Leuten in der Moschee der Gegend aus. Ich möcht einmal ganz klar und deutlich sagen, dass es zweifellos Profitmacher hinter dieser Geschichte gibt. Das sind so Dinge, wie sie sich augenblicklich und erst seit kurzer Zeit, und zwar gar nicht selten, im Land ereignen. Schlicht und einfach kann man sagen, dass sie keine ehrbare Frau in des Wortes eigentlicher Bedeutung war. Ebenso sind ihre Töchter himmelweit davon entfernt. Da ist es doch wohl absurd, plötzlich an irgendwelche Wundertaten zu glauben. Weiss Gott, ich finde das kurios, und ich finde es noch kurioser, dass die Presse sich für dergleichen Dinge interessiert.

Ich möchte viel lieber Ihre Aufmerksamkeit auf gewisse andere Dinge lenken, die zur Zeit im Land passieren, nämlich das widerliche Benehmen der Bevölkerung und ihre Unverschämtheit gegenüber den Hausbesitzern. Darüber wünschte ich, dass die Zeitungen schrieben. Diese Leute weigern sich sogar, den Wasserzins zu bezahlen, einmal ganz zu schweigen davon, wie niedrig die Mieten sind. In diesem Zusammenhang darf ich daran erinnern, dass Atija einmal einem inzwischen verstorbenen Präsidenten der Republik im Namen der Bewohner des Viertels einen Dankesbrief geschickt hat. Dieser hatte Jahre zuvor die Mieten insgesamt herabgesetzt.

Nun steht hinter jeder Handlung ein Interesse, und die Regierung sollte sich einmal um die Leute kümmern, die an dieser Geschichte mit Atija ein Interesse haben. Was ich damit meine, wird aus dem, was ich gesagt habe, deutlich und ist denen, die sich in solchen Sachen besser auskennen als ich, sonnenklar.

Ein Universitätsstudent, einer der Bahrenträger

Wir kamen mit der Bahre aus dem Haus und gingen Richtung Moschee, um dort das Totengebet zu verrichten; die Entfernung betrug etwa zwei Kilometer. Wir hatten Winter, doch das Wetter war damals durchaus annehmbar, und die Sonne schien.

Plötzlich, während wir so gingen, zogen völlig unvermittelt Wolken auf, und es begann, in Strömen zu giessen. Und dann geschah etwas Merkwürdiges. Die Bahre wurde leichter, sie drohte, unseren Händen zu entgleiten, und drängte mit Höchstgeschwindigkeit in Richtung Moschee. Wir klammerten uns daran und versuchten, sie festzuhalten; dabei liefen wir so schnell wie sie, damit sie uns nicht entglitte und in den Schmutz fiele. Genau das gleiche spürten auch alle anderen Träger; ausser mir waren es noch fünf. Ich habe es anfangs gar nicht geglaubt und gemeint, ich bilde mir das alles nur ein, bis auch die anderen dieselbe Geschichte erzählten.

Es gibt da noch etwas anderes. Als wir nämlich in der Moschee die Bahre auf die Erde stellten, um zu beten, hörten wir ein ungewöhnliches Knacken von Knochen. Ich erzähle das jetzt in der Hoffnung, dass mir jene Glauben schenken, die dergleichen Dingen eigentlich skeptisch gegenüberstehen, weil ich, ebenso wie sie, derartige Geschichten nicht für möglich gehalten hatte. Ich habe dann sehr sehr lange über diesen Vorfall nachgedacht, bis ich zu einer klaren Meinung darüber gelangt bin.

Dieser Vorfall nämlich und zahlreiche andere Dinge lassen sich auf der Grundlage von Überlieferungen aus der altägyptischen Geschichte erklären. Entsprechend dieser legt Maat, die Göttin der Gerechtigkeit, das Herz des Verstorbenen auf eine Waage und wiegt es, um sein Schicksal zu bestimmen. Wenn das Herz schwer ist, wegen der grossen Zahl von Fehlern und Sünden, die darauf lasten, geht es ins Höllenfeuer; wenn es dagegen leicht und rein ist, wird seinem Träger das Paradies zuteil. So kann man sich durchaus vorstellen, dass die Bahre zu schweben begann. Vielleicht war es der Moment, als die wahren Eigenschaften des Herzens offenbar und der göttliche Beschluss gefasst wurde, dass sein Träger ins Paradies eingehen sollte.

Alles Vorhergehende hat darauf hingedeutet. Frau Atija war berühmt für ihre Grossherzigkeit, sie war wie geschaffen, Gutes zu tun, und ihre segensreichen Werke für alle Leute im Viertel lassen sich unmöglich aufzählen. Sie sagte nie ein böses Wort, sprach nur Gutes, und ihr Verhalten war über jeden Zweifel erhaben. Das lässt die Waage im Jenseits zugunsten ihres Eingehens ins Paradies ausschlagen. Und vielleicht hatte sie ja auch vor dieser Welt verborgne Offenbarungen und Wundertaten erlebt, wie das die Sufis* nennen.

Mich hat die Sache mit Frau Atija, wie ich schon sagte, sehr beschäftigt, und bei meinen Nachforschungen über die Begleitumstände aller Geschichten und Vorgänge bin ich zu einem äusserst wichtigen Ergebnis gelangt, dass nämlich Frau Atija, ohne es zu wissen, zu den Nachfahren des grossen Echnaton gehörte. Sie trug den Geist der altehrwürdigen Echnatonschen Lehren im Unterbewusstsein. Bei diesen Nachforschungen habe ich entdeckt, dass sie aus eben der Region stammte, in der der Echnatonismus entstand und florierte, aus derjenigen Region nämlich, von der alles Denken seinen

---

* „Sufi" ist die arabische Bezeichnung für einen islamischen Mystiker.

Ausgang nahm, das zur totalen Hingabe an den einzigen Schöpfergott, die Wurzel aller Existenz, auffordert. Ich habe versucht, den Weg des Echnatonismus historisch zu verfolgen und all die Fäden zu verknüpfen, die sich im Verlauf jenes Weges abgetrennt haben und die uns Hinweise darauf liefern können, was aus jenen Lehren geworden ist. Es ist ja doch völlig absurd und widersinnig anzunehmen, dass jene in alter Zeit hochentwickelten Lehren plötzlich – allein aufgrund „moderner" politischer Entwicklungen – verschwunden sein sollten.

Ich darf mit gutem Gewissen behaupten, dass der Echnatonismus auch in unserer Zeit noch Einfluss ausübt, nachdem er zahlreiche Entwicklungen durchlaufen hat. Und vielleicht wird ja dieser Einfluss am augenfälligsten darin offenbar, was jetzt im Zusammenhang mit Frau Atija zur Sprache kommt. Denn das sufische Gedankengut ist seinem Ursprung nach echnatonistisch und lässt sich zusammenfassen als Abkehr von der Welt, Gottesdienst und nächtliches Gebet mit dem Ziel der Vereinigung des Geliebten mit dem Liebenden. Hier möchte ich den Blick auf eine Äußerung über den Echnatonismus lenken, die in den Schriften mittelalterlicher Chronisten zu finden ist. Danach pflegte König Suraid — das ist in der Sprache jener Chronisten Echnaton —, um jene Art der Abkehr zu vollziehen, seine Hauptstadt zu verlassen und zusammen mit seinen drei Töchtern durch einen geheimen Tunnel unter dem Nil hindurch zum anderen Ufer des Flusses zu gehen, wo sich die weite Wüste erstreckt und die Sonne golden leuchtet. Das ist dieselbe Methode, der später Amba Bachum* folgte, der Begründer des Klosterwesens in Ägypten und auf der ganzen Welt.

Noch später gab es den berühmten ägyptischen Mystiker al-Niffari**, der ebenfalls dieser Methode folgte. Meiner Ansicht nach ist er mit dem Heiligen Aba Nafar, dem Mönch, identisch. Ich glaube übrigens auch, dass die Gestalt al-Niffaris noch viele Rätsel birgt, ebenso seine Herkunft und sein Leben, auch wenn die Tatsache, dass er zum Gottesdienst hinaus in die Wüste ging, also auch diese Art der Abkehr pflegte, völlig klar und unbestreitbar ist. Bemerkenswert ist, dass die meisten islamischen Mystiker aus Oberägypten stam-

---

*Gemeint ist Pachomios, der Anfang des 4. Jahrhunderts in der Nähe des ägyptischen Theben ein Kloster eingerichtet hat.
**Lebte im 10. Jahrhundert.

men, ja dass der eine oder andere von ihnen sogar mit der altägyptischen Sprache vertraut war. So wird von Dhu l-Nun al-Misri*, der aus Assuan stammte, in mittelalterlichen Chroniken berichtet, er habe die Inschriften auf den Tempelruinen entlang den Ufern des Nils gelesen, also auf den zahlreichen pharaonischen Baudenkmälern, die in Oberägypten überall zu finden sind. Ausserdem besteht auch eine grosse Ähnlichkeit zwischen den Aussprüchen al-Niffaris und denen Echnatons.

Das könnte Thema einer langen Untersuchung sein. Ich habe aber mit diesen Bemerkungen nur versucht, mich einem Aspekt der Wahrheit im Zusammenhang mit Frau Atija anzunähern. Ich will damit nicht behaupten, was geschehen ist, sei richtig – so wie es die Bevölkerung tut. Aber ebensowenig weise ich es unter dem Deckmantel der Wissenschaft und des Materialismus kategorisch als falsch zurück. Ich verlange, dass alle sich schnellstens an die Ausgrabungsarbeiten machen – es gibt keine Veranlassung, diese zu verhindern, besonders nach dem, was Atijas Sohn und der Grabwächter beobachtet haben. Diese Geschichte

---

*Lebte von ca. 796 bis 861.

ist nämlich ein wichtiger Hinweis auf die von mir erwähnte Verbindung zwischen dem Echnatonismus und Frau Atija. Ich glaube durchaus, dass die Zeit gekommen ist, dass wir uns mit allem Übernatürlichen auf wissenschaftlich exakte Weise beschäftigen, um ein wenig den Raum zu erweitern, in dem wir die historischen Wahrheiten zu uns sprechen lassen. Schliesslich möchte ich noch denjenigen, die um Frau Atijas Schrein fürchten, zu bedenken geben, dass die verschiedenen Arten von Grabungen jedweden Zweifel ausräumen könnten. Damit würden sie Frau Atijas Schrein noch mehr Ansehen und Würde verleihen und wären so jedermann zu Nutz und Frommen.

Awad, der Schweigsame

Awad, der Grabwächter (der mit der Pflege und Instandhaltung von Frau Atijas Schrein betraute Mann, der auch für das Areal verantwortlich ist, auf dem der Schrein steht), weigerte sich — wie „Der Morgen" schon mitteilte —, irgendwelche Auskünfte zu geben. Es gelang dem „Morgen" aber, sich Informationen über diesen Awad zu beschaffen, die etwas Licht auf seine Persönlichkeit und seine Tätigkeit werfen dürften.

M.A., ein Koranrezitator auf dem Friedhof, erzählt folgendes:

„Awad ist der Hauptnutzniesser bei all dem, was jetzt geschieht. Er ist nämlich der einzige, der wissen kann, wann, warum und wie der Grabraub vonstatten ging. Meiner Meinung nach hat er die ganze Geschichte erfunden. Ich würde ja nur allzu gern die Regierung und die zuständigen Leute wissen lassen, dass Awad Leichen an Medizinstudenten verkauft. Das ist etwas, wozu man nicht schweigen darf. Ich bin darüber bestens informiert, selbst über die preislichen Einzelheiten und so manches andere, was der Regierung durchaus nützlich sein könnte."

S.F., ein Grabwächter auf dem Friedhof:

„Awad war ursprünglich einmal ein Ganove; dann hat er damit aufgehört. Er ist schon vor ewig langer Zeit hierher gekommen, weil die Staatsgewalt nach ihm gefahndet hat. Daraufhin hat er sich hier im Friedhof eingerichtet und angefangen, als Grabwächter zu arbeiten. Er kennt in den Gräbern jeden Stein, und wenn es darin einen Schatz gäbe, hätte er ihn längst gestohlen, sich zum reichen Mann gemacht und den Gräbern und dem mühseligen Leben hier Lebewohl gesagt. Meiner Meinung nach hat er nicht den geringsten Vorteil an der ganzen Geschichte. Das mit Frau Atijas Schrein ist etwas Neues, und keiner weiss genau Bescheid darüber. Also, die Einkünfte daraus sind begrenzt. Ausserdem, wenn er irgendwas aus dem Grab gestohlen hätte, sagen wir Gold oder dergleichen, dann hätte er das Grab ganz sicher wieder zugeschüttet, damit die Sache nicht rauskommt. Er selber war in jener Nacht ganz verstört und aufgeregt; er ist zu mir nach Hause gekommen und hat mir alles erzählt. Ja, natürlich hat er sich geweigert, darüber zu reden, weil diese Angelegenheiten in vielerlei Hinsicht peinlich sind und sich nicht für Erörterungen eignen."

Der Archäologe Ali Fahim

Ich werde mich zu dieser Sache äussern, obwohl ich eigentlich überzeugt bin, dass meine Aussage nutzlos ist. Ich bezweifle nämlich grundsätzlich, dass diese Aussage publiziert wird, weil sie von Anfang bis Ende Dinge enthält, die nicht zur Veröffentlichung in einer Zeitschrift wie „Der Morgen" taugen, ja, die vielleicht überhaupt nicht zur Veröffentlichung in irgendeinem allgemein zugänglichen Druckerzeugnis unserer Zeit taugen. Denn alles, was man über die Pressefreiheit und über die freie Meinungsäusserung sagt, ist eine riesengrosse Lüge, die ich nie geglaubt habe und die ich nie und nimmer glauben werde. Nun ja, ich werde irgendwie so tun, als ob ich ein Selbstgespräch führte, was ja durchaus üblich ist. Die Besonderheit besteht lediglich darin, dass ich hier mein Selbstgespräch leicht hörbar führen werde — vielleicht ein einfacher Versuch, dem Wahnsinn zu entrinnen, den ich mit erschreckender Geschwindigkeit näherkommen spüre, da ich nicht imstande bin, noch mehr von all diesen Lügen und Verdrehungen zu ertragen, die inzwischen allgegenwärtig sind und unser ganzes Leben von A bis Z durchdringen.

Ich habe meine Pensionierung von der Archäologie in die Wege geleitet, trotz der langen Jahre, die mir, juristisch gesehen, noch immer erlauben würden, meine Arbeit fortzusetzen. Mir war an einem ruhigen Rückzug gelegen, als ich spürte, dass die Angelegenheiten völlig ausser Kontrolle geraten waren; ich konnte es einfach nicht mehr ertragen und war auch nicht mehr in der Lage, all dieser gezielten und bewussten Sabotage entgegenzuwirken. Die ganze Sache geht über reine Nachlässigkeit, Ignoranz und Gleichgültigkeit unserem grossartigen archäologischen Erbe gegenüber hinaus und berührt inzwischen etwas, was umfassender ist als all das und wichtiger für unsere Vergangenheit, unsere Gegenwart und unsere Zukunft und das Bewusstsein davon bei künftigen Generationen.

Bevor ich speziell auf Frau Atijas Schrein zu sprechen komme, möchte ich noch eine allgemeine Tatsache erwähnen, die mir nicht aus dem Sinn geht. Seit Jahrhunderten schon ist unser Land ausgesprochen elend dran. Es gleicht einer schönen Frau, der ihre Schönheit, aufgrund des begehrlichen Wirkens anderer, zum

Schaden gereicht. Die Hauptcharakteristika dieses Landes waren für seine Bevölkerung die ganze Geschichte hindurch unheilvoll. Was hat uns der Bau der Pyramiden gebracht ausser Tod und Elend? Welchen Ruhm haben wir mit diesen riesigen steinernen Gebilden erlangt, die wir mit Blut und Tränen errichtet haben? Und was haben wir erreicht durch den Bau des Sueskanals? Wieviele Blutkanäle haben sich mit dem Schweiss Tausender von Söhnen dieses Landes gefüllt, damit erst die Schiffe der Engländer und der Franzosen, später diejenigen der Amerikaner hindurchfahren konnten?! Es gibt hier nichts Grossartiges, das nicht unheilvoll für uns geworden wäre. Selbst der Nil ist ein ewiger Fluch, der über uns ausgegossen wurde, ein Drama, oder besser noch, ein historisches Trauerspiel, dessen Helden — den Söhnen dieses Landes — auf immer bestimmt ist, den Pokal der Tragödie zu leeren.

Diese Vorbemerkungen führen mich zum Problem von Frau Atijas Schrein. Es ist bekannt, dass die Stelle, an der der Schrein steht, eine der reichsten archäologischen Stätten des Landes ist. Archäologen und Historiker sind sich des Ausmasses der Bedeutung und des Stellenwertes dieses Gebietes in archäologi-

scher Hinsicht vollauf bewusst; ebenso ist ihnen schon im voraus die Bedeutung der Resultate klar, die die Grabungen an dieser Stelle erbringen könnten. Ich verrate auch kein Geheimnis, wenn ich behaupte, dass die Bedeutung dieser Resultate die Bedeutung der drei Pyramiden zusammengenommen übertreffen wird, ebenso diejenige des Tempels von Karnak, des Tals der Könige und des Schatzes des Tutenchamun. Denn diese Resultate werden einen klaren Beweis liefern für den glanzvollen Fortschritt und die unvergleichliche Entwicklung, die die altägyptische Kultur gekannt hat.
Neu dabei ist, dass diese Entdeckungen einen grundsätzlich technologischen Charakter haben werden. Dennoch liegt ihre Hauptbedeutung darin, dass sie ein klares Licht auf die Persönlichkeit der alten Ägypter werfen werden, was den Soziologen ebenso wie den Ethnologen gänzlich neues Material liefern dürfte. Und ich übertreibe nicht, wenn ich behaupte, dass diese Entdeckungen vielleicht im Hinblick auf ihre Bedeutung die Erfindung der Atombombe oder die Eroberung des Weltalls übertreffen.

Was mich dazu veranlasst hat, eine Aussage zu machen, hängt nicht mit meinen vorangegangenen Ausführungen zusammen. Ich will aber doch noch von der Grabungstätigkeit selbst sprechen, über das Wie und das Warum und darüber, wer sie durchführt. Denn ohne klare und präzise Antwort auf diese Fragen erleben wir vielleicht ein neues Unheil, eine weitere nationale Katastrophe, die sich an die Kette der Katastrophen anschliesst, die wir im Verlauf unserer nationalen Geschichte durchgemacht haben. Ich für meinen Teil hoffe und wünsche, dass diese Ausgrabungen, trotz allem, was ich über ihre Bedeutung gesagt habe, nicht jetzt unternommen werden. Ja, ich meine, wir sollten sie nicht jetzt unternehmen, an einem solchen Tiefpunkt, wie wir ihn augenblicklich durchleben: Wir essen unser täglich Brot auf Pump und können keinerlei Vorkehrungen für den nächsten Tag treffen; wir leben nach dem Gesetz des Dschungels, wo der Grosse den Kleinen frisst, der Starke den Schwachen. Der langen Rede kurzer Sinn, diese Ausgrabungen wären eine Katastrophe, solange sich unsere Existenz so seltsam pervers gestaltet. Schauen wir doch, was wir anziehen, wie wir essen, wo wir wohnen, wie wir lieben, heiraten und Kinder haben. Wir sind völlig umzingelt von Perversionen jeder Art, die uns aufgezwungen werden und denen wir uns Tag für Tag kleinmütig unterwerfen, ohne ihnen Widerstand zu leisten, weil der Feind diesmal mit tausend Gesichtern und durch tausend Türen und Fenster angreift. Warum bekleiden wir uns denn in diesem drückenden Klima mit synthetischen Stoffen, wo wir doch Baumwolle und Flachs anbauen? Warum leben wir in diesen tristen Gebäuden, die aussehen wie Seifen- oder Schuhschachteln, wo doch vor uns die weite Wüste liegt? Ich will nicht Dutzende von perversen Details aufzählen, die jeden Augenblick unseres Lebens beherrschen, aber ich möchte doch sagen, dass jedwede Ausgrabung in Frau Atijas Schrein eine Katastrophe wäre, solange wir uns in einer solchen Lage befinden. Eine Unternehmung von dieser Wichtigkeit und Bedeutung kann nämlich nur mittels gigantischer Anstrengungen und aussergewöhnlicher materieller und menschlicher Energien durchgeführt werden. Denn da der Schrein auf einem ausgedehnten Terrain liegt, würde das die Beseitigung des gesamten Grossen Friedhofs und der umliegenden Gebiete verlangen.

Die Spöttelei über die Fähigkeiten dieses Landes wird auf unvorstellbare Weise zunehmen, wenn die Grabungen jetzt durchgeführt werden. Dies besonders, weil für die Untersuchungen und die Ausgrabungen ausländische Kreise herangezogen würden, und ich übertreibe nicht, wenn ich sage, dass vielleicht eine neue Runde der seit Anfang des vergangenen Jahrhunderts bekannten klassischen imperialistischen Kriege ausbrechen könnte.

Mit tiefster und aufrichtigster Überzeugung erkläre ich allen, dass die Aufdeckung dessen, was hinter Atijas Schrein steckt, schöpferische, geistige Energien mobilisieren wird, prinzipiell die Energien aller Landessöhne. Das bedeutete nun wahrlich die Veränderung alles Bestehenden — die Vereinigung und Sammlung der Menschen mit höchster Präzision um ein gewaltiges Ziel, das ihnen das Gefühl vermitteln würde, wirklich zu diesem Land zu gehören.

Schliesslich möchte ich doch noch darauf aufmerksam machen, dass der Standort von Frau Atijas Schrein nicht zufällig ist. Ich jedenfalls halte nicht sehr viel vom Gesetz des Zufalls. Möge also jeder selbst in dieser Richtung nach der Wahrheit forschen.

An alle, die es angeht

Obwohl die zuständigen Stellen und die Presse aufgrund zahlreicher nicht eindeutig geklärter Umstände zum Thema von Frau Atijas Schrein schweigen und obwohl die Zeitschrift „Der Morgen" ihren Beschluss, eine umfassende Reportage über dieses Thema zu veröffentlichen, rückgängig gemacht hat, „vereitelte das Schwert die Freilassung", wie das bekannte Sprichwort sagt, das heisst, es war nichts mehr zu verhindern. Denn alles Verborgene kommt doch einmal ans Licht und an die Öffentlichkeit, und so ist Frau Atijas Schrein zum allgemeinen Gesprächsthema im Land geworden. Das geht so weit, dass sogar ein Komponist solcher Schnulzen, wie sie dieser Tage zirkulieren, die Gelegenheit beim Schopf ergriff und ein Lied schrieb, dessen Text lautet: „He, Atija, sag mir, wie die Leute leben!" Dieses Lied kann man unschwer in jedem beliebigen Überlandtaxi hören, das zwischen Kairo und den Provinzen verkehrt.

Was all die Schreiberlinge und Journalisten angeht, die von Veröffentlichungen in Petrodollarzeitungen und -zeitschriften leben, so war die Geschichte mit Frau Atijas Schrein gewissermassen ein göttliches Manna, das vom Himmel auf sie herabregnete; dies besonders aufgrund der „Dürre", unter der sie litten — das heisst des Fehlens aufregender Ereignisse in den Ländern, über die sie schreiben. Deshalb haben sie sich darangemacht, dieses Thema des langen und breiten zu behandeln.

Der skurrilste unter ihnen war ein freischaffender Journalist, der ausschliesslich für Zeitungen und Zeitschriften arabischer Organisationen jedweder politischen Couleur arbeitet. Dieser griff zunächst zur Feder und unternahm es zu beweisen, dass der Versuch, die Geschichte von Frau Atijas Schrein gerade jetzt hochzuspielen, im Prinzip nur den Zweck verfolge, den Blick vom Golfkrieg* abzulenken. Danach schrieb er in einer anderen Zeitschrift, dieses Thema sei ein Prüfstein, in dessen Licht sich die Kräfte der Auflehnung und des Widerstands in der Region zusammenfinden müssten.

Auch im Ausland befasste man sich mit dem Thema „Frau Atija". So legte der Korrespon-

---

*Gemeint ist der erste Golfkrieg, derjenige zwischen Irak und Iran.

dent einer englischen Zeitung, die vorzugsweise Nachrichten aus Entwicklungsländern bringt, einen detaillierten Bericht vor, in dem er indirekt seine Regierung aufforderte, sich schleunigst der Sache anzunehmen, bevor ihr die Regierungen anderer Länder zuvorkämen und sie dann nur noch reuevoll an den Fingern kauen könne. Dagegen veröffentlichte eine bekannte westliche Skandalzeitschrift pornografische Bilder von einem in Kairo tätigen Repräsentanten einer internationalen Kulturorganisation, die ihn in perversen Stellungen mit dem Grabwächter von Atijas Schrein zeigten; darunter war lediglich zu lesen: „Ohne Worte."

Dieser Repräsentant soll übrigens sofort eine Klage gegen die Zeitschrift eingereicht und eine Schadenersatzforderung von mehreren Millionen Dollar erhoben haben.

Doch muss nachdrücklich an etwas erinnert werden. Nichts von dem, was wir hier angeführt und vorgelegt haben, hätten wir ohne Esat Jussuf erfahren, die, im Zusammenhang mit der Arbeit an der Reportage, die dann jedoch nicht veröffentlicht wurde, all das relevante Material zusammengetragen hat. Während dieser Arbeit heiratete sie überraschend den Archäologen Ali Fahim und reichte danach ihre Kündigung bei der Zeitschrift ein. Kurz darauf ist Ali Fahim verschieden, nachdem ihn eines Abends auf dem Nachhauseweg ein nicht identifiziertes Auto angefahren hatte. Er soll damals bei einigen guten Freunden über das ständige Gefühl geklagt haben, von Unbekannten beobachtet zu werden; irgendwie spüre er, dass er umgebracht werden solle.

Ebenfalls kurze Zeit zuvor war die Wohnung der beiden Neuvermählten Schauplatz eines seltsamen Vorfalls gewesen. Unbekannte waren eingebrochen, hatten alles durchstöbert und danach die Einrichtung demoliert. Sie hatten sich darauf beschränkt, ein paar wenige Bücher und einige Unterlagen, die den Eheleuten gehörten, zu entwenden. Ali Fahim hatte bei der Polizei Meldung gemacht, doch alle Nachforschungen verliefen ergebnislos, und es blieb bei einer Anzeige gegen Unbekannt.

Es scheint, dass diese beiden seltsamen Vorfälle Esat Jussuf endgültig zur Zusammenstellung der Fakten veranlassten, die sie und ihr Mann erfahren, aus irgendeinem Grund aber von einer Veröffentlichung Abstand genommen hatten. Vielleicht waren sie daran ja auch auf die eine oder andere Weise gehindert worden. Deshalb fasste Esat Jussuf einen seltsamen

Entschluss, bevor sie „auf rätselhafte Weise aus ihrer Wohnung verschwand", wie es später in der Presse hiess. Tatsächlich ist all das, was wir auf den vorangegangenen Seiten festgehalten haben, nichts anderes als das Material, das wir eines Morgens in einem mittelgrossen Umschlag unter der Tür unserer Wohnung fanden. Er enthielt, was Esat Jussuf geschrieben hatte, nicht mehr und nicht weniger. Adressiert war er „An alle, die es angeht", darunter stand ihre Unterschrift, jedoch ohne Datum; dann, ganz unten, noch: „Esat Jussuf stirbt vielleicht, aber die Wahrheit bleibt."

Gleiche mittelgrosse Umschläge fand ausser uns noch eine gewisse Anzahl anderer Personen unter ihrer Wohnungstür. Alle enthielten das gleiche Material und immer die gleiche Anschrift: „An alle, die es angeht."

Nachwort*

Die arabische Frauenliteratur der vergangenen Jahrzehnte, obwohl keine eigene literarische Gattung, wird von manchen Literaturkritikern und Literaturkritikerinnen einleuchtend in drei Arten unterteilt, die auch heute noch gleichzeitig in der arabischen Welt existieren. Sabry Hafez, in London tätiger Spezialist für arabische Literatur, spricht von *feminine, feminist* und *female,* und seine ägyptische Kollegin Etidal Osman ist weitestgehend mit ihm einig. Gemeint sind mit diesen Begriffen drei Tendenzen, Haltungen, Schreibarten gegenüber der von Männern beherrschten und bestimmten Literatur.

Feminine ist hierbei diejenige Literatur, die ganz besonders am Anfang der Frauenliteratur verfasst wurde, geschrieben von Frauen, die, meist aus dem Finanzbürgertum oder der Aristokratie stammend, sich inhaltlich und formal ausschliesslich an den existierenden „männlichen" Mustern orientierten. Zu nennen wären hier die

---

*Die folgenden Ausführungen stützen sich zum einen Teil auf Besprechungen von Werken Salwa Bakrs in arabischen, besonders in ägyptischen Zeitungen und Zeitschriften („Al Ahrām Weekly", 2. Mai 1991; „al-Yaum as-sābi'", 15. Juni 1987 und 9. Juli 1990; „al-Ahrām", 24. Dezember 1987 und 9. September 1990; „Ṣabāḥ al-ḫair", 22. Februar 1990; „Cairo Today", August 1990; „al-Hilāl", 2. Februar 1987; „Usratī", 26. Februar 1988; „al-Waṭan", 5. Juli 1990 u.a.m.), zum anderen Teil auf bisher unveröffentlichte Vorträge von Sabry Hafez (April 1992 in Nijmegen) und Etidal Osman (Mai 1992 in Zürich).

grossen alten Damen der ägyptischen Frauenbewegung in der Zeit nach der Jahrhundertwende, zum Beispiel Aischa al-Taimurija. Doch auch heute gibt es noch Schriftstellerinnen, die literarisch an dieses traditionelle, archetypische Frauenbild anschliessen.

Feminist bezeichnet die hauptsächlich am Inhalt interessierte Literatur, die sich gegen das negative Frauenbild, gegen die negative Frauenrolle stellt, wie sie sich in der Gesellschaft und in der Männerliteratur findet. Die Vertreterinnen dieser Tendenz stammen meist aus der Mittelklasse; viele sind Journalistinnen und haben dadurch eine gewisse Verbindung mit der breiteren Öffentlichkeit. Genannt werden können hier beispielsweise die gebürtige Syrerin Ghada Samman oder die Ägypterin Nawal al-Saadawi.

Female schliesslich soll die neueste Tendenz arabischer Frauenliteratur bezeichnen. Es ist Literatur aus der Feder von Frauen aus der Mittel- und besonders auch der Unterschicht, das heisst aus einer Umgebung der eigentlichen literarischen Sprachlosigkeit. Diese Autorinnen – zum Beispiel die Libanesinnen Emily Nasrallah und Hanan al-Scheich, die Irakerin Alija Mamduch, die Palästinenserin Sahar Khalifa, die Ägypterin Latifa Sajjat – leisten ihren eigenständigen Beitrag zur arabischen Literatur, indem sie oft in neuen Formen und mit neuen Stilarten Leben und Erfahrungen von Frauen darstellen, und zwar im Rahmen der sich wandelnden gesellschaftlichen Bedingungen.

Zu dieser dritten Gruppe gehört ganz sicher auch Salwa Bakr, die im Verlauf der letzten paar Jahre vielfach als eine der wirklich bedeutenden ägyptischen Literaturschaffenden genannt wurde.

Salwa Bakr ist am 8. Juni 1949 als Tochter eines Bahnarbeiters in Matarija, einem recht unterprivilegierten Teil der Stadt, geboren, in der sie auch heute noch als Hausfrau und Schriftstellerin wohnt und über die sie einmal sagte: „Kairo ist eine ungeheuer triste und hässliche Stadt, die ihren Bewohnern keinerlei Ruhe für irgendeine geistige Tätigkeit gönnt. Ich wünschte, man könnte sie dem Erdboden gleich machen und dann wieder ganz neu anfangen." Sie hat im Jahre 1972 ein Betriebswirtschaftsstudium und im Jahre 1976 ein Studium der Theaterkritik je mit einem „Bachelor"-Titel abgeschlossen. 1974 bis 1980 war sie als Regierungsangestellte tätig und lebte von 1980 bis 1986 auf Zypern.

Bis heute hat Salwa Bakr erst drei Bändchen mit Erzählungen und einen Roman veröffentlicht: 1986 erschienen sowohl *Sainat beim Präsidentenbegräbnis*, ein Sammelband mit elf Erzählungen, als auch *Atijas Schrein*, ein Büchlein, das den vorliegenden kleinen Roman und dazu drei Erzählungen enthält. 1989 veröffentlichte Salwa Bakr zwölf Kurzgeschichten unter dem Titel *Von der nach und nach gestohlenen Seele* und 1991 ihren ersten längeren Roman, *Der goldene Wagen steigt nicht zum Himmel auf.*

Salwa Bakrs Themen sind jene Stadt, in der sie lebt, genauer die Menschen, die in dieser Stadt wohnen, noch genauer: die vom Schicksal und der von Präsident Anwar al-Sadat Mitte der siebziger Jahre eingeführten Liberalisierungspolitik übergangenen Menschen. Und unter diesen sind es noch im besonderen Masse Frauen, denen Salwa Bakr ihre Aufmerksamkeit schenkt, ja, möglicherweise gibt es augenblicklich keine Autorin (und auch keinen Autor), die sich so intensiv, einfühlsam, aber auch voller feiner Ironie der Absurditäten des sogenannten normalen Lebens der armen und ärmsten Frauen annimmt. Doch sagt Salwa Bakr selbst von sich: „Ich ziele nicht darauf ab, die Armen oder die unteren Volksschichten zu beschreiben. Aber ich mache mir Gedanken, nicht über die Angelegenheiten der Armen, sondern über gesellschaftliche Erscheinungen, mit denen wir leben."

Im Gegensatz zu zahlreichen Schriftstellerkolleginnen steigt sie aber eben doch in die Niederungen ihrer Gesellschaft, beschreibt einerseits nicht, wie weit verbreitet, die Geschlechterproblematik, die romantischen Erfahrungen, die seelischen Leiden oder den gesellschaftlichen Kampf bourgeoiser Frauen, die als Journalistinnen oder in anderen Berufen der mehr oder weniger gehobenen Mittelschicht tätig sind. Andrerseits beschreibt sie auch nicht „die unterdrückte Frau in der islamischen Männergesellschaft", ein Thema also, das sich, mitunter auch von Frauen recht voyeuristisch aufgearbeitet, besonders in Europa und Nordamerika noch immer grosser Beliebtheit erfreut.

Salwa Bakrs Frauen sind tätig, positiv tätig, das heisst, sie arbeiten an der Verbesserung ihrer — oft miserablen

— Lage, und zwar mit einer sehr realistischen Einschätzung dieser Lage und mit Träumen, die sich direkt an ihren Vorgaben orientieren. Romantische Träumereien kann frau sich in diesen Verhältnissen nicht leisten, sie kommen ihr gar nicht in den Sinn.

Die Frau, die da Lupinenkerne verkauft und sich von einem Polizisten, der Berufserfolg braucht, wegen Bettelei verhaften lässt, tut das für ein warmes Abendessen.* Und Nuna, die Dreizehnjährige, die als Hausmädchen bei einer Offiziersfamilie arbeitet, tut das nicht einmal ungern, weil sie, am Spültrog stehend, einiges aus den Unterrichtsstunden in der auf der anderen Strassenseite gelegenen Schule aufschnappt.** Oder Husnija, die, verlassen von ihrem Mann, für einen bettlägrigen Bekannten dessen Maus auf dem Trottoir als Schicksalskünderin zur Schau stellt — sie tut das als Liebesdienst für diesen Bekannten und weil für sie selbst ein kleiner Lebensunterhalt dabei herausspringt.

Weiter träumen sie nicht — von keinem Märchenprinzen und von keiner Revolution. Revolutionäre sind Salwa Bakr eindeutig suspekt. Das macht sie mehrfach deutlich; zum Beispiel indem sie schildert, wie es einer einfachen Frau gelingt, zum Begräbnis von Präsident Nasser grosse Frauengruppen hinter sich zu scharen***,

---

*„Eine Frau auf dem Gras", in *Pappschachtelstadt*. Geschichten aus Ägypten (hrsg. von Hartmut Fähndrich, Basel 1991), S. 39—45.
**„Nuna, die Gestörte", in *Pappschachtelstadt*, S. 29—38.
***„Sainat beim Präsidentenbegräbnis", in *Pappschachtelstadt*, S. 46—61.

während der „Linke" an seinem Anspruch, Kontakt zum Volk zu haben, scheitert.

Aber manipuliert werden sie alle, davon ist Salwa Bakr überzeugt und dagegen kämpft sie. Wieweit indessen die Hoffnung, die eine ihrer eindrucksvollsten Frauengestalten in Gamal Abdel Nasser setzt, auf ideologischer Manipulation beruht, bleibt offen. Dagegen stellt die Autorin eindeutig Manipulation dar, wenn sie eine Schulfeier beschreibt, in der Heldenlieder gesungen und als Schulpreise Koranexemplare vergeben werden, wo doch jedes Mitglied der Familie der Preisträgerin etwas für sich Nützliches erwartet, erhofft hatte.

In ihrer zweiten und dritten Sammlung greift Salwa Bakr auch das Thema auf, das einer wachsenden Zahl arabischer Autoren und Autorinnen ein Anliegen wird — die zunehmende Tristesse der städtischen Wohn- und Arbeitslandschaft, wo die letzten Bäume gefällt werden oder wo das farbige Anstreichen eines grauen Schreibtischs letztendlich als Einweisungsgrund in eine Irrenanstalt dient.*

Besonders die dritte Sammlung behandelt, so sieht es auch die Autorin selbst, „die grossen Gruppen der jungen Leute, die Jahr um Jahr in echter Frustration dahinleben. Das Problem ist, dass der Gesellschaft ein klares Ziel und eine umfassende Hoffnung fehlen. Wenn das geschieht, so sind schlimme Dinge zu erwarten. Wir haben den Wunsch verloren, in einer bestimmten Art und Wei-

---

*„Einunddreissig schöne grüne Bäume", in *Erkundungen*. 32 ägyptische Erzähler (hrsg. von Doris Kilias, Berlin 1989), S. 295–306.

se zu leben, und auch der Lebenswille und die Lebensfähigkeit sind uns abhanden gekommen. Diese Sammlung ist ein Versuch nachzuvollziehen, wie das geschehen konnte." Und das wird schon in der Titelgeschichte deutlich, wo Salwa Bakr am Beispiel eines jungen Paares zeigt, wie die Möglichkeiten zur intellektuellen Horizonterweiterung seit Anfang der siebziger Jahre immer geringer werden: die Oper brennt aus, Buchläden verschwinden, Zeitungen werden teuer und einfältig, und selbst die Kinos verkommen. Also bleibt nichts mehr als das TV und die Nachahmung der darin angepriesenen Konsumgewohnheiten.

Eine Sonderrolle im Rahmen all dieser Frauengestalten nimmt Atija ein, die zentrale Gestalt des vorliegenden Romans, der trotz seiner Kürze eine Vielzahl höchst origineller inhaltlicher und stilistischer Besonderheiten aufweist. Diese reichen vom Titel über die Darstellung Atijas bis hin zur Behandlung gewisser spezifisch ägyptischer Fragen.

Schon der Titel weist eine im Deutschen nicht wiedergebbare Vieldeutigkeit auf. Der arabische Titelbegriff *maqām* bezeichnet nicht nur einen Schrein, ein kleines Gebäude über dem Grab einer verehrten Person. Das Wort heisst auch „Stellung" oder „Rang" und deutet somit auch die Frage an, wer und wie Atija gesellschaftlich gewesen ist. Schliesslich bedeutet *maqām* auch noch „Tonart", enthält also auch noch eine Anspielung auf einen bestimmten Klang oder auf bestimmte Klänge, in denen über Atija berichtet wird.

Diese hier schon im Titel hörbare Vieldeutigkeit ist

vielleicht eines der markanten Charakteristika der Erzählweise Salwa Bakrs, was sich im vorliegenden Roman in der „erzählerischen Mehrstimmigkeit" (Sabry Hafez) niederschlägt. Verschiedene Stimmen werden hier hörbar, die sich alle über eine Person äussern, Atija, die, wiewohl allgegenwärtig im Roman, nie selbst auftritt. Doch in den Äusserungen über sie kristallisieren sich unterschiedliche Weltanschauungen und politische Richtungen, die vielfach auch als Parodien oder als Mythologisierungen Ausdruck finden; und all das in einem doppelten „Rahmen", jenem uralten arabischen, aus *Tausendundeine Nacht* bekannten literarischen Mittel.

Zur Darstellung dieser Themen bedient sich Salwa Bakr einer eindrucksvollen und im Deutschen höchstens teilweise nachvollziehbaren Sprachmischung, die die gesamte Variationsbreite zwischen der gepflegten Schriftsprache, ja selbst koranisch gefärbtem Ausdruck und dem einfachsten Dialekt nützt, und zwar mit oft völlig fliessenden Übergängen von der Beschreibung über Gedanken und innere Monologe bis zu äusseren Monologen und schliesslich Dialogen. Für Salwa Bakr ist der Dialekt eine Bereicherung der Schriftsprache, da er ein tieferes Eindringen in die Denkmuster der Personen erlaube, als dies auch mit einer noch so flexiblen Schriftsprache möglich sei.

Und noch ein Letztes interessiert Salwa Bakr — ihre eigene Situation als schreibende Frau in einem Drittweltland. Hier sei sie als Intellektuelle in vieler Hinsicht behindert, gegenüber schreibenden Frauen in Europa und Amerika oder gegenüber schreibenden Männern im eigenen Land. Was ihr fehlt, ist einerseits die gesellschaftliche Freiheit, sich zu bewegen, wohin sie will, zu sitzen, wo sie will, da und dort ein Bier oder einen Tee zu trinken, wenn sie will, und dazu zu schreiben oder einfach ihre Gedanken zu ordnen. Andrerseits fehlt ihr im engeren familiären Bereich *A Room of One's Own,* wie das Virginia Woolf einst nannte; sich dem Kreis der Familie oder der Freunde zu entziehen, gelte als unsozial oder gar ungehörig und stosse auf wenig Verständnis.

DAS LITERARISCHE WERK SALWA BAKRS

Zaināt fī ǧanāzat ar-ra'īs
(„Sainat beim Präsidentenbegräbnis", Kurzgeschichten)
1986

Maqām ʿAṭīya
(„Atijas Schrein", Kurzroman und Kurzgeschichten)
1986

ʿAn ar-rūḥ allatī suriqat tadrīǧīyan
(„Von der nach und nach gestohlenen Seele", Kurzgeschichten) 1989

al-ʿAraba aḏ-ḏahabīya la taṣʿad ilā s-samāʾ
(„Der goldene Wagen steigt nicht zum Himmel auf", Roman) 1991